CB121114

O TUMOR

IBRAHIM AL-KONI

O TUMOR

TRADUÇÃO **MAMEDE JAROUCHE**

Tabla

Nota do tradutor

Nesta pequena e densa novela, Ibrahim Al-Koni utiliza a língua árabe de maneira primorosa para retratar uma sociedade primitiva, nem árabe nem muçulmana, cujos personagens têm nomes estranhos para os padrões dessa língua. Trata-se, na realidade, do mundo desértico dos tuaregues, etnia do grupo berbere à qual pertence o autor. Embora essencialmente clássica, a linguagem de Al-Koni tenta se afastar de certas significações sedimentadas pela tradição cultural muçulmana, a qual, por motivos históricos sobejamente conhecidos, é a linha dominante na língua árabe. (A título de curiosidade, note-se que a palavra *Allah*, "Deus", não aparece uma única vez no texto.) Nesse sentido, pode-se dizer que estamos diante de um árabe sintaticamente clássico, mas que, semanticamente, se viu obrigado a buscar conceitos introduzidos nessa língua em um período mais tardio. Tendo isso em vista, nem sempre foi pacífica a busca de equivalências, uma vez que o autor deu um sentido bastante singular a termos como "lei" (*namus*), "pecado" (*khati'a*), "sucessor" (*khalifa*), "véu" (*hijab*), "mandamentos" (*wisaya*), "dádiva" (*'atiyya*), "líder" (*za'im*), "invisível" (*khafa'*), "gênio" (*jinni*), "gerações" (*ajyal*), "vestimenta" — ou "túnica", ou "presente" — (*khul'a*), "amo" — ou "patrão" — (*mawlà*), "solidão" — ou "isolamento" — (*'uzla*), entre tantos outros, o que provocou algumas dificuldades aqui e acolá.

OTU

MOR

E se acaso o teu Deus disser aos arcanjos:
"Colocarei na terra um líder", eles dirão:
"Porventura vais colocar nela alguém que a
corrompa e faça verter o sangue, enquanto
nós oramos em Teu louvor e Te glorificamos?",
e Ele dirá: "Eu sei o que vós não sabeis".

Alcorão 2, 30

Não ameis o mundo nem as coisas do
mundo. Se acaso algum dentre vós amar
o mundo, não terá o amor do Senhor.

Primeira Epístola de João 2, 15

A TÚNICA

Assanai acordou após a sesta e constatou que a vestimenta de couro se grudara em seu corpo. Lembrou-se de ter adormecido sentado no tapete, vestido com a imponente túnica, ele que nunca deixava de tirá-la assim que o sono o acometia ou que se preparava para dormir, enrolando-a sempre com o maior cuidado antes de colocá-la em seu invólucro. Limpava-a dos grãos de areia com a palma da mão ou assoprando-os com a boca, ou até mesmo lambendo-os com a língua; não a deixava repousar no interior do invólucro senão depois de enrolá-la em outro pano feito de seda crua. Jamais ocorrera, contudo, que suas energias o traíssem e o sono o derrubasse enquanto ele ainda estava usando a vestimenta. Estaria grudada por efeito do suor que lhe escorria do corpo aos borbotões, viscoso, grudento, toda vez que se entregava ao sono? Se o motivo for o suor, então a água é o antídoto.

Porém... como poderia utilizar a água para libertar o corpo da roupa sem causar algum dano a tão majestosa túnica?

Gritou pelos criados alto e bom som, sem se esquecer de lançar algumas imprecações contra esse rebento da traição, o qual se chama, na linguagem das tribos, "sono"!

Entrou então um grandalhão de cabeça descoberta, cabelo crespo, lábios carnudos, narinas enormes. Curvou--se na entrada antes de gaguejar:

— Meu amo!

Ele o repreendeu com vigor:

— Já lhe disse inúmeras vezes que neste mundo não existe amo senão o meu e o seu amo, provedor tanto do meu bem-estar como do seu bem-estar: o Líder!

O grandalhão gaguejou:

— Perdão, meu...

Corrigiu-se um instante antes de acrescentar a palavra "amo" num sussurro. Assanai gritou:

— Traga-me água! Não está vendo o que o detestável suor fez com a vestimenta do meu e do seu amo?

O escravo fez menção de sair, mas Assanai o interrompeu:

— Ou será que você conseguiria me livrar desta vestimenta sem usar água? Venha, me ajude!

O homem retrocedeu, parando diante de seu patrão. Agarrou a túnica pela parte superior, coroada com uma pele valiosa semelhante à da raposa, embora todos afirmassem que ela não tinha nenhuma relação com a raça das raposas. Puxou a pele com força e Assanai soltou um gemido de dor. Berrou:

— O que você está fazendo comigo, desgraçado? Quer me arrancar o ombro?

O grandalhão se curvou ante o senhor, quase lhe tocando o ombro. Assanai o repreendeu:

— Afaste-se, desgraçado! Não está vendo que vou desmaiar por causa do cheiro das suas axilas?

O escravo se afastou um passo. Suas órbitas vermelhas reviraram-se dentro dos olhos como se fossem as de um camaleão, depois ele balbuciou:

— Receio que eu não consiga ajudar o meu amo!

Assanai lhe dirigiu um olhar de espanto:

— O que está dizendo, seu rebento de mau agouro?

O grandalhão soltou um suspiro prolongado antes de se pôr em pé. Disse:

— A túnica se fundiu com a pele, meu senhor!

Assanai examinou seus braços com atenção: a valiosa vestimenta, de fato, estava grudada neles. Perscrutou o braço, e eis que pedaços de pele estavam inteiramente fundidos a ele, até o fim do pulso. Aquelas encantadoras costuras forjadas com pedaços de pele enfeitados com fios de ouro haviam desaparecido na tessitura de sua pele, tornando-se parte dele mesmo; em seu braço, as únicas regiões desnudas eram as palmas das mãos e os dedos. Apalpou a túnica na altura do peito e descobriu que também ali ela se fundira à sua pele. Tentou desabotoar os botões de ouro que pendiam da gola até o umbigo e deixou escapar um grito de dor: os botões haviam brotado na pele de seu corpo, como se a imponente vestimenta houvesse desaparecido, afundando-se em sua carne; não lhe restava senão se empenhar na procura de feiticeiros, se acaso quisesse desfazer aquela odiosa armadilha.

Mandou chamar o feiticeiro.

O homem chegou envolto em negro da ponta da cabeça aos pés. Era muito alto. Traços severos. Estrutura esbelta. Pele cor de cobre. Pupilas vazias.

Rendeu-se diante do homem, que o rodeou longamente. Apalpou os pedaços de couro fundidos à carne. Puxou a pelagem em torno do pescoço. Examinou a trilha percorrida pela túnica por todo o corpo. Enfim, suspirou com força e se sentou de pernas cruzadas na esteira, encarando a vítima. Assanai foi lendo sua própria desgraça naqueles olhos, até que o feiticeiro pronunciou sua elegia:

— Devo confessar que se trata de um feitiço de tipo peculiar!

Assanai fitou por algum tempo as pupilas vazias, controlando uma angústia avassaladora, depois indagou:

— O que posso entender dessa sua declaração?

O vazio das pupilas no olhar do feiticeiro não se deslocou, e tampouco seu corpo se mexeu. Ele disse com indiferença:

— Tudo o que eu quis dizer é que não conheço nada semelhante a esse feitiço aqui na região dos oásis!

Assanai se calou por instantes, lançando olhadelas furtivas a seu hóspede e distraindo-se a acariciar os pedaços de pele que agora haviam se tornado uma pele sobre a sua própria pele. Disse:

— Será razoável supor que se trate de cilada perpetrada por alguma criatura?

O vazio nas pupilas do feiticeiro sumiu, sendo substituído pela obscuridade. Disse com frieza:

— Posso ter certeza de que se trata de uma cilada, mas não posso estar certo de que tenha sido perpetrada por alguma criatura!

Assanai o contemplou longamente. Perguntou, sorrindo:

— O que você quer dizer?

O feiticeiro respondeu de imediato:

— Quero dizer que as ciladas são de várias espécies. A espécie preparada pelas criaturas é mais suportável do que a dessa espécie!

Com um lampejo de curiosidade nos olhos, Assanai gritou:

— O que está dizendo?

O feiticeiro retardou-se um pouco a responder:

— A cilada do criador das criaturas é um milhão de vezes pior que a cilada das criaturas do criador!

Assanai permaneceu calado. O feiticeiro o interpelou:

— Você afrontou o Invisível de algum modo?

Assanai olhou para ele com curiosidade e em seguida baixou a cabeça para responder:

— Não me lembro de ter afrontado propositalmente o Invisível, muito embora aquele que o destino encarregou de ser responsável pelos destinos do povo deva imperiosamente ter cometido algum delito contra a divindade oculta, queira ou não queira!

O feiticeiro tartamudeou:

— Verdade.

E acrescentou:

— Contudo, seria bom que você se lembrasse de todas as ocasiões!

Assanai lançou-lhe um olhar implorando socorro, como à espera da pena de talião. Murmurou:

— Não cometi pecado algum!

O feiticeiro, porém, foi inclemente:

— Todos nós cometemos pecados a cada passo que damos, e não um pecado apenas!

O lugar-tenente para os destinos do povo deu um sorriso doloroso. Disse, sem erguer os olhos, fixos na esteira:

— Eu disse que não me lembrava de haver perpetrado um pecado contra os céus, a não ser, talvez, que alegrar as mulheres do oásis no leito seja algo digno de um castigo tão odioso como este!

No entanto, o feiticeiro não correspondeu à pilhéria. O vazio voltou a dominar suas pupilas. Disse, com sua familiar arrogância:

— Deixe de lado os abraços às mulheres e fale-me sobre o amor!

Da boca de Assanai escapou uma risada. Gritou:

— Por acaso, na tradição dos feiticeiros, abraçar as mulheres não é amor?

O feiticeiro respondeu com frieza:

— Exatamente! Na tradição dos feiticeiros, abraçar as mulheres não é amor!

Depois de olhar para ele com espanto, Assanai corrigiu:

— Ah! Acabei de me lembrar que vocês chamam essa ação de desejo!

O feiticeiro gritou:

— Muito bem!

E aduziu:

— Você alguma vez amou, meu caro lugar-tenente para os destinos do povo?

Assanai calou-se por instantes, depois balbuciou com uma voz que parecia um sussurro:

— Sim. Amei. Amei a túnica do Líder como nunca amei nada neste meu mundo!

E soltou uma risada suspeita. Uma risada que retumbou pelo recinto com tamanha força que fez os criados acorrerem. Assanai os dispensou com um gesto e se pôs a limpar as lágrimas com o dedo indicador, enquanto o feiticeiro pronunciava palavras semelhantes às profecias dos sacerdotes:

— Quem ama algo se torna parte dele!

Assanai ergueu a cabeça para seu intimidante interlocutor, e o feiticeiro repetiu a expressão após introduzir um ajuste:

— Quem ama algo mais do que se deve torna-se parte dele, queira ou não queira!

Assanai contemplou o feiticeiro longamente. Era um velho cor de cobre, magro ao extremo, a ponto de os ossos saltarem de cada parte de seu corpo; aquela brancura invadindo os olhos emprestava às pupilas uma semelhança com os olhos dos cegos, que levam quem os frequenta a supor que os estão encarando nos olhos, ignorando que eles não contemplam senão o vazio.

Assanai disse:

— Não quero que os inimigos debochem de mim!

O feiticeiro o olhou com as pupilas vazias. Cochichou como se desabafasse um segredo:

— Se você não deseja o deboche dos inimigos, não lhe resta senão fazer promessas generosas!

Assanai pediu esclarecimentos aos sussurros, como se temesse ser ouvido:

— Ser generoso nas promessas?

Um sorriso se esboçou nos lábios do feiticeiro. Grunhiu:

— Jamais seremos livres, meu amo, se não entregarmos aquilo que desejamos mais do que se deve como oferenda ao Invisível!

Assanai vociferou:

— O que você quer dizer?

O feiticeiro, porém, respondeu à pergunta com outra pergunta:

— Você não consegue renunciar à túnica?

Assanai replicou com estranheza:

— Renunciar à túnica?

O feiticeiro disse com a fisionomia gélida:

— A renúncia voluntária àquilo que se tornou nossa propriedade é mais fácil do que tê-lo arrancado à força!

Um sorriso de menosprezo se desenhou nos lábios de Assanai. Disse:

— Estou a ouvir um feiticeiro ou um adivinho?

— O feiticeiro pode tomar emprestada a língua do adivinho, e o adivinho, a língua do feiticeiro, pois ambos são moldados pela mesma argila desértica, meu amo!

— Fala-se que essa troca de línguas ordinariamente prenuncia algo ruim!

O feiticeiro se calou por instantes, depois surpreendeu seu anfitrião com uma pergunta:

— Porventura meu amo amou a túnica mais do que devia?

Assanai escondeu um sorriso ardiloso. Também respondeu à pergunta com outra pergunta:

— Acaso já existiu neste imenso deserto uma só criatura que não tivesse pela túnica um amor extremado?

O feiticeiro, entretanto, deu um sorriso enigmático e contrapôs:

— O perigo não está em amarmos a dádiva, e sim em amarmos a dádiva mais do que ao doador!

— O que está querendo dizer?

— Quero dizer que a desgraça não está em amarmos a túnica, e sim em amarmos a túnica mais do amamos o dono da túnica!

O rosto de Assanai foi invadido pela palidez. Pronunciou-se com o entusiasmo de quem nega uma acusação contra si:

— Nosso amor pela dádiva não é senão uma expressão de nossa imensa gratidão ao doador!

— Ter gratidão imensa por algo dado é uma coisa, e ter amor é outra coisa, meu amo!

— Como vocês querem — ó sociedade dos sábios — que amemos alguém sem expressar nosso amor a uma dádiva por ele concedida ou a uma benesse que ele nos tenha outorgado?

Traços de severidade invadiram a fisionomia do feiticeiro, e os ossos de suas bochechas ganharam mais proeminência e nudez. Disse num tom desafiador:

— Expressamos nosso amor ao doador sendo austeros em relação à dádiva!

Da boca de Assanai escapou um riso. Expressou-se:

— Tolice!

Por fim, engolindo o riso, balbuciou:

— Você pretende que eu renuncie à túnica em favor de alguns canalhas que enchem as ruas deste oásis com sua gritaria oca apenas para expressar à Sua Alteza, o Líder, a minha gratidão por uma dádiva que ele me concedeu?

O feiticeiro argumentou com teimosia:

— A renúncia àquilo que de mais caro lhe caiu nas mãos é a única via para expressar o amor!

Assanai o encarou com olhos coléricos e disse, ofegante:

— Você ama o Líder?

O feiticeiro murmurou envergonhado:

— Sim!

— Você renunciaria a seu filho em favor do Líder para expressar o seu amor?

O feiticeiro se calou por instantes. Cerrou os olhos protegidos pela barreira do vazio e disse:

— Os filhos não constituem um espólio que possuímos, por esse motivo não considero que tenhamos o direito de sacrificá-los para expressar qualquer amor que seja!

Assanai bufou com satisfação. Exprimiu sua vitória com um grito de êxtase:

— Está vendo?

Nesse momento, o feiticeiro o interrompeu com um gesto:

— Apesar disso, eu não me furtaria nem mesmo a dar meus filhos se acaso eu tivesse certeza de que Sua Alteza, o Líder, necessitasse de tal sacrifício!

— Devagar! Devagar! O que você quer dizer com o Líder necessitar de sacrifícios?

O feiticeiro hesitou antes de esclarecer:

— O que eu disse foi que não me furtaria, se eu tivesse certeza...

— E qual o sentido desse "se eu tivesse certeza"?

Após uma trégua de silêncio, o feiticeiro tartamudeou:

— Somente a certeza, meu amo, serve de argumento para justificar a renúncia aos filhos, não obstante eles sejam as únicas criaturas que não vêm a este deserto para as sacrificarmos, e sim para nos sacrificar!

Assanai se calou. Devaneou por instantes e disse:

— Jamais pensei, um dia sequer, que o Líder pudesse ter necessidade do meu amor! Se eu tivesse certeza...

Assanai se calou. Bufou, soprando o ar com vigor, enquanto o feiticeiro dizia:

— Nós não devemos amar o Líder porque ele nos ama (pois isso seria uma troca em nada diferente das negociações nos mercados). Devemos, isto sim, amá-lo porque tal amor é uma obrigação sobre os nossos ombros!

Assanai murmurou, ausente:

— Jamais neguei isso, muito embora eu tampouco negue que não sei como expressar minha gratidão a ele!

— A gratidão é o reconhecimento por uma dádiva, e jamais foi amor, em tempo algum!

Uma calmaria predominou até Assanai pular como quem descobriu um tesouro:

— Muito bem! Quer a verdade? A verdade é que eu nunca, em tempo algum, tive a certeza de que este presente do Líder foi, desde o primeiro dia, um sinal de amor!

O feiticeiro se calou por um instante. Manteve-se cabisbaixo, e a ponta de seu véu desceu até tocar na esteira. Disse:

— O presente é uma túnica, e essa túnica não passa de um casaco vazio que deve ser preenchido por quem o recebeu, e não por quem o deu!

Assanai se inclinou na direção do feiticeiro para murmurar uma pergunta:

— O que você quer dizer?

— Eu quero dizer que a túnica não passa de um casaco forjado com peles, ou seja, que ele, na origem, não consiste em bem nem em mal e que a lição é dada por aquilo que fazemos com o poder que o casaco nos dá!

Assanai gaguejou, desviando o rosto:

— Não fiz, com o poder que ele dá, senão o que se deve fazer!

O feiticeiro balbuciou, enquanto lançava a seu anfitrião um furtivo olhar de dúvida:

— Isso é o que você afirma!

Assanai lançou-lhe um olhar colérico. Gritou:

— Explique-se!

O feiticeiro hesitou. Disse, mantendo-se cabisbaixo:

— Não o farei antes que meu amo me conceda garantia de vida!

Assanai olhou para ele com curiosidade. Interpelou:

— E desde quando feiticeiros do deserto mendigam garantia de vida às autoridades?

— Meu amo se esquece que estamos num oásis, e não no deserto!

— Acaso o oásis não é parte indivisível deste deserto?

— De modo algum, meu senhor, de modo algum! O oásis é uma parte que se dividiu do deserto desde aquele tempo remoto em que se tornou um oásis cercado de muralhas!

O lugar-tenente para os destinos do povo vociferou:

— Muralhas, muralhas! Não sei por que as línguas fizeram das muralhas uma maldição, como se fossem montanhas compactas e não meras construções de pedregulhos da terra!

— O fato de as muralhas consistirem em paredes feitas de pedregulhos não as livra do pecado de serem uma fortaleza!

O responsável Assanai disse em tom condenatório:

— Você disse pecado?

O feiticeiro se calou por instantes antes de se atrever à resposta:

— Sim. As fortalezas são um pecado, meu amo!

— Espantoso!

— Não fosse esse pecado, a dádiva não teria extraviado o nosso amo, conduzindo-o por esse caminho que circula em todas as bocas!

Assanai se agitou no lugar em que estava sentado. Olhou para o hóspede como se lhe percebesse a presença pela primeira vez. Disse, hesitante:

— De qual caminho você está falando?

O feiticeiro lhe lançou um olhar ainda mais vazio do que os anteriores. Disse:

— Eu supunha que você me daria garantia de vida!

Predominou um silêncio, após o qual Assanai se corrigiu:

— Sim! Eu lhe concedo garantia de vida com a condição de você não me falar à maneira do vulgo ou dos inimigos!

O feiticeiro se encolheu em si mesmo como um porco-espinho. Em seguida, esfregou as mãos, pois não sabia o que fazer com elas. Emitiu um gemido antes de dizer:

— A verdade é que não sei por onde começar!

Assanai não pronunciou uma palavra, talvez para evitar alguma tolice, talvez pela ansiedade de apanhar a profecia da boca do sábio. O feiticeiro disse:

— Não é necessário recordar ao nosso amo a natureza maligna da dádiva, pois a história dela no deserto corre por todas as bocas, e por isso a abstenção foi sempre a mais potente arma utilizada pelos ancestrais para anular seus efeitos malignos!

Como Assanai se aferrasse ao silêncio, o feiticeiro acrescentou:

— Os adeptos da solidão a compararam à paixão, a qual nos extravia quando a satisfazemos e nos socorre quando a reprimimos! O que terá feito o nosso amo com esse tesouro?

Assanai continuou a observá-lo com uma curiosidade suspicaz, como se o feiticeiro tivesse se transformado repentinamente num ser mitológico saído de alguma fábula desconhecida. O feiticeiro aduziu:

— A túnica o sequestrou e lhe deu a pior das utilizações, ao invés de você a sequestrar e lhe dar a melhor das utilizações!

O lugar-tenente para os destinos do povo se agitou e, dominado pela palidez, sua bochecha direita estremeceu com violência. Parecendo haver notado o mal em sua fisionomia, o feiticeiro tartamudeou:

— Posso contar com um resto de garantia de vida?

Assanai rosnou:

— Não lhe dei garantia de vida para que você despeje em meus ouvidos a conversa mole do vulgo nem os argumentos dos inimigos, então cuidado!

Colocou-se de pé tremendo, agitado, e o feiticeiro também ficou em pé. Pararam um diante do outro, numa acareação tensa. O feiticeiro retrocedeu para se retirar, mas o homem da túnica o perseguiu:

— Você está iludido se imagina que poderá me convencer da correção dos seus mandamentos de renunciar àquilo de que já tomei posse!

E puxou com violência a parte inferior da túnica para descobrir qual seria o resultado, mas se encolheu soltando um grito de queixa e dor!

A BOA-NOVA

Informado da notícia da morte do feiticeiro, Assanai se questionou, na solidão da noite, se havia errado em esconder, durante o diálogo com aquele desgraçado, a questão do mensageiro.

Afastou-se para longe, rememorando, como num sonho, a luta do feiticeiro enquanto se debatia nas mãos dos capangas que ele enviara para agarrá-lo. O feiticeiro tentou puxar o ar durante sua terrível agonia. O que será que aquele demônio argumentaria se — abandonando uma única vez sua letargia eterna — fosse informado da história do mensageiro que, já havia algum tempo, viera visitá-lo como enviado de Sua Alteza, o Líder? Aquele malandro, sem dúvida, encontraria nisso uma desculpa ainda mais forte para alardear seus mandamentos sobre renúncia, e sobre promessas, e sobre o amor pela coisa que transforma o que ama numa parte inseparável dessa coisa!

Inicialmente pensou em cortar a língua do feiticeiro a fim de lhe apagar os efeitos, mas se lembrou de que ele não era uma criatura como outra qualquer, e sim um feiticeiro. E aos feiticeiros, diferentemente do restante das criaturas, não faltam artifícios para revelar os segredos, de modo que ordenou a seus capangas que o perseguissem e o sufocassem antes que ele lograsse êxito em empregar aquele músculo medonho que o povo do deserto sabe usar como nenhum outro, a tal ponto que ele pensara inúmeras vezes num modo de extirpar a língua de todos os moradores do oásis, sem exceção. Sim, sim. Esse músculo do mal era o segredo da confusão e o motivo de todas as desgraças. Mas agora, depois de o segredo de sua fusão com a túnica ter sido enterrado junto com o feiticeiro e, antes dele, com o escravo grandalhão, já lhe era possível dedicar-se ao exame do ocorrido a fim de saber, com certeza, se se tratava, efetivamente, de um impasse, bem como se, em sendo um impasse, exigiria algum artifício para impedir que se transformasse em injúria ou infortúnio, ou desgraça.

Ele jamais se esquecerá da primeira visita do mensageiro. Tampouco se esquecerá, por toda a sua vida, da última visita do mensageiro: na primeira visita, o mensageiro veio ter com ele no escuro da madrugada e, na última visita, hospedou-se com ele travestido com as trevas do anoitecer. Na primeira vez, despertara de seu sono sufocado por um pesadelo e topara com um espectro velado de branco sentado à sua cabeceira. Assanai dormia ao relento, fora das muralhas, depois que a Lei lhe expropriara até mesmo seus objetos pessoais e lhe tomara a casa para pagar aos credores. E essa ocorrência era simples se comparada a outra que se dera algum tempo antes. Ele apostara tudo quanto havia adquirido nos dias de bonança na esperança de um negócio que prometia lucros generosos, mas a caravana proveniente das selvas que ele aguardava fora aniquilada pelas mãos de salteadores de estrada, o que o forçou a vender sua companheira, em obediência ao desejo por ela manifestado, a fim de livrar-se da maldita aposta, assimilando desse modo a antiga máxima de que quem aposta o seu dinheiro com a classe dos mercadores terá colocado o próprio pescoço nas mãos de Wantahit, o grão-sedutor, cuja biografia é objeto de conversas há várias gerações. Depois disso, tentou apagar a infâmia recuperando sua companheira, mas o canalha que a comprara caprichosamente não se dobrou, pois apreciara tanto a mulher que resolveu tomá-la como concubina. Cego de cólera, Assanai urdiu a primeira torpeza verdadeira de toda a sua vida: pagou uma quantia bastante apreciável a certo assassino, o qual, durante um banquete, colocou um veneno mortífero na comida do canalha. Contudo, o castigo que aplicamos aos inimigos usando nossas próprias mãos é chamado, na tradição da Lei, de vingança, e jamais foi, por um dia sequer, justiça. A vingança é outro pecado cujo preço teremos de pagar, cedo ou tarde. E ele de fato pagara o preço, perdendo todos os negócios posteriores àquela ação medonha, que o levou afinal não apenas a dormir pelas ruelas do oásis, mas também a dormir ao relento, no deserto, fora dos limites do oásis.

Na madrugada daquele dia, o mensageiro do Líder o retirara de sua angústia com uma boa-nova. Dissera-lhe com a voz baixa de um cochicho que o Líder o escolhera entre todos os outros para ser seu sucessor no oásis. Em seguida... calou-se. Quanto a ele, não acreditou. Levantou-se de seu torpor esfregando os olhos, como se ainda esperasse acordar do sonho que dissiparia aquele espectro, tal como se dissipam todos os espectros. Todavia, a aparência do mensageiro foi ficando cada vez mais clara. Sua brancura foi se avultando no escuro da madrugada, e ele não encontrou outra saída senão indagar:

— Porventura é razoável supor que o Líder me escolheu entre todos os outros?

O mensageiro respondeu com a voz da tranquilidade, como se recitasse um hino de prece:

— A sabedoria do Líder é um segredo incompreensível, e sua misericórdia não tem limites!

— Mas o povo do oásis sempre me enxergou como o mais abjeto dos seres!

— O Líder não seria líder do deserto se enxergasse, uma vez que fosse, da mesma forma que os demais enxergam.

Procurou, no escuro, as pupilas do mensageiro, desejoso de ler nelas alguma profecia, e depois o interpelou:

— É possível que exista algum equívoco?

O mensageiro respondeu com certeza:

— Não existe erro algum!

— Mas a minha conduta...

O mensageiro interrompeu-o:

— O Líder está ciente da sua conduta. A dor causada pela Lei do Líder é sempre um testemunho de firmeza.

— Sim. Não me orgulho de haver sofrido, mas também cometi pecados contra a Lei.

— Quem entre nós não cometeu pecados contra a Lei?

Calou-se, considerando uma enormidade admitir seu crime, mas, como o engasgo na garganta se transformou em lágrimas nos olhos, acrescentou com uma voz sufocada pelo pranto:

— Eu eliminei uma vida pelas mãos de um assassino de aluguel, e o que me consola nessa provação é que aquela vida não era inocente!

— A penitência é o maior talismã para lavar os maiores crimes!

Ele sentiu dor, lamuriou-se e reclamou:

— Devo ambicionar a obtenção do perdão do Líder?

— Se você não houvesse alcançado o perdão do Líder, eu não estaria sentado na sua frente, enviado por Sua Alteza para lhe conceder o mandamento dele, por meio do qual você poderá suceder-lhe!

Assanai conteve as lágrimas. Disse:

— Receio que essa dádiva desperte a inveja dos meus adversários!

O mensageiro diminuiu a importância da questão:

— Os adversários se renderão, pois sabem que o desejo do Líder não tem volta!

— Talvez aqueles que sabem disso se rendam, porém aqueles que negam estão bem longe de reconhecer!

— Deixe de lado esses que negam, pois para eles está prometido um sofrimento doloroso.

— Eles não acreditam senão no que veem e não reconhecem senão aquilo que ganham!

O vazio se dissipou por efeito da claridade, e a luz

recém-nascida debuxou uma fisionomia no horizonte. O mensageiro disse:

— Eles não veem porque não querem ver, dado que a visão impõe uma oferenda que eles são avaros em fazer.

Assanai contemplou-o durante algum tempo sob a luz recém-nascida. Interrogou-o:

— Porventura meu amo quer dizer que é realmente possível ver o Líder?

O mensageiro se calou por instantes. Disse com voz de entoar hino em prece:

— E por acaso antes de vocês os adeptos da solidão deixaram de vê-lo por outro motivo que não o de terem virado as costas para a inovação chamada comércio e buscado refúgio na região inóspita de Hamada Ocidental, fugindo deste seu paraíso?

Novamente picado pela obsessão, Assanai expressou dúvidas, ainda contendo as lágrimas:

— Não sei, meu amo mensageiro, como poderão considerar saudável a minha existência sobre a cabeça deles!

O mensageiro tornou a diminuir o problema com versos de canto:

— Esta túnica será uma fortaleza para você, tal como foi para os que o antecederam.

Extraiu da manga de seu manto o invólucro de couro onde se escondia a dádiva mágica, desejada por todas as almas durante gerações, como jamais qualquer outra coisa foi desejada. O mensageiro acariciou o invólucro de couro com seus dedos delgados, como se ninasse um nascituro. Mas não retirou o tesouro de dentro da capa.

Assanai olhou para o invólucro com ansiedade, mas aduziu, afetando conter as lágrimas:

— Meu amo pensa bem dessa gente porque nada sabe da torpeza e da corrupção deles. Não posso garantir que meu amo fique a salvo de seu mal caso descubram que este achado se subtraiu às mãos dessa gente.

O mensageiro deu um sorriso de tolerância. Entoou um hino de prece:

— Sobre a torpeza deles, conheço o que você desconhece. E sei que fico exposto a ser assassinado por eles, tal como foram mortos muitos outros mensageiros antes de mim, bem como serão mortos por eles muitos outros mensageiros depois de mim!

Assanai murmurou, enquanto continuava a examinar a túnica enfiada no saco:

— Se eles se atreveram a fazer correr o sangue dos mensageiros, o que os impedirá de verter o sangue de uma criatura que eles não somente veem como adversário, mas que também sempre consideraram desprezível?

O mensageiro sorriu. Acariciou o saco. Entoou com sua voz melodiosa:

— Se eles o frustrarem, você poderá recorrer ao ferro!

Naquele dia, Assanai se espantara:

— Ferro?

— Sim, o ferro! Acaso não se diz que a sua estirpe foi a primeira a extrair, das profundezas da terra, esse metal maligno?

Assanai comemorou:

— Sim, sim! Conta-se que os meus ancestrais foram

os primeiros a verdadeiramente descobrir o ferro, e que não se limitaram à descoberta desse metal, também foram os primeiros a empregá-lo em armas para golpear os inimigos!

— Viu só? Quem fracassou na avaliação da Lei foi o mesmo que teve sucesso em domesticar o ferro; essa é uma regra tão antiga quanto a existência dos oásis no deserto.

Assanai hesitou por um momento. Interpelou em tom de dúvida:

— O uso do ferro para golpear não provocou prevenções em nosso amo, o Líder?

O mensageiro respondeu sem hesitação:

— Os golpes com mão de ferro consistem no castigo dos delinquentes, e o castigo, na tradição da Lei, sempre é vida!

Um silêncio predominou. Seres se insinuaram no vazio. O oásis abriu suas muralhas, e os pastores saíram tangendo os rebanhos em direção aos pastos do sul. Elevaram-se os balidos dos bodes, misturando-se aos berregos dos cabritos. Do outro lado também surgiram bandos de camelos. Do oeste despontaram fragmentos de uma caravana a caminho do oásis.

Voltou a dirigir a palavra a seu assombroso visitante:

— Ouvi certa vez um dos espertalhões do oásis dizer que a túnica do Líder é uma dádiva que não se obtém senão mediante um robusto sacrifício, e eis que tal sacrifício nunca foi mais do que mera torpeza!

O visitante estranhou:

— Torpeza?!

— Sim. O espertalhão disse que o poder sempre foi o destino dos torpes, que constituem a única nação que não se envergonha de perpetrar os maiores crimes!

O mensageiro se conteve um pouco antes de esclarecer:

— A vestimenta não passa de uma túnica e a túnica é um recipiente vazio, e o dono da vestimenta está na mesma posição que a da gema no ovo ou a da água no vaso, e se a questão fosse conforme alega o impostor que você chama de espertalhão, nesse caso os sábios não se esfalfariam para ganhar a vestimenta, nem os maiorais do deserto se desesperariam para tomá-la por bem ou então empregar a espada para alcançá-la se não triunfam por bem!

Assanai afinal concordou com ele:

— Você fala a verdade, meu senhor, pois a narrativa que corre pelas bocas diz que o grande arrogante Asmantás foi o último a obtê-la no quadrante deste oásis, e depois dele a esperaram tanto os grandes como os pequenos, mas essa espera demorou mais do que o aceitável, então eles não tardaram a desanimar, a maioria morrendo da doença chamada desgosto!

— Decerto, decerto. Muitos também morreram de desgosto nos outros oásis depois que os dias lhes frustraram as esperanças de obtê-la. Decerto. A vestimenta é o sonho do tempo não porque consista apenas na benesse deste mundo, mas porque o seu mistério oculta algo que um grupo enxerga como segurança e que outro grupo chama de poder!

— Verdade, meu amo. A obtenção da justiça é uma virtude inestimável da vestimenta.

Porém o mensageiro logo advertiu, num tom que parecia de ameaça:

— A túnica torna os bons invulneráveis ao mal, mas também é a fortaleza dos perversos contra o bem. Esteja alerta!

Naquele dia, ele indagou sobre o real caráter desse enigma, mas o mensageiro se limitou a acrescentar:

— A túnica é o mal dos males se acaso o pretendente a utilizar para satisfazer sua sede de vantagens ou para aplacar sua fome de vingança. No entanto, ela é garantia de bem-estar se o pretendente a utilizar para elevar os desígnios das leis e reprimir, mediante o seu poder, a insensatez dos insensatos.

Completou tal afirmação com rezingas que o fariam mergulhar na entoação de uma prece, em seguida se levantou e pegou Assanai pela mão, conduzindo-o até a praça do mercado, para onde afluíam vendedores, curiosos e desocupados com o propósito de satisfazer as próprias necessidades ou divulgar alguma mercadoria, ou fartar os olhos de tanto olhar, ou encher os ouvidos de tanto ouvir, ou saciar a língua de tanto falar, ou distrair o corpo para afastar o fantasma da morte.

As pessoas se acotovelaram ali no centro da praça tão logo se divulgou a notícia da chegada do mensageiro do Líder portando a vestimenta imortal. Inicialmente elevou-se uma algazarra e logo o povo acorreu, todos se dirigindo à praça após serem cuspidos de seus becos, ruas e casas. O mensageiro subiu nos ombros da multidão para ler, de modo bastante audível, a determinação do Líder, obrigando em seguida o arauto a decorá-la, e este a fez circular por bairros, ruas e becos, insistindo, bem ao modo dos arautos, no dever que os presentes tinham de comunicar o conteúdo da determinação aos ausentes, ao mesmo tempo que se elevaram vozes de protesto e muitas línguas depreciaram o Líder em virtude de sua escolha, classificada como estupidez, tolice, injustiça e cegueira, entre tantos outros qualificativos infames. Quanto a Assanai, o novo lugar-tenente do oásis, sua primeira providência, inspirada pela concessão, foi esquecer a advertência feita pelo mensageiro relativa ao emprego da dádiva para saciar a fome de vingança, pois ele se evadiu da aglomeração de seres no mercado e imediatamente se dirigiu à casa de seu antigo inimigo, a fim de retomar dos herdeiros dele a companheira que lhe fora subtraída, apoiando-se, para concretizar tal intento, nos capangas que a posse da vestimenta pusera sob suas ordens.

Rememorou, em sua penosa solidão, a história daquela estupidez e soltou um riso amargo, pois se lembrou de como descobrira, na companheira que lhe fora subtraída, uma criatura que não tinha relação alguma com a criatura que ele um dia havia conhecido. Transformara-se, de uma bela mulher, em restos de uma mulher que não somente perdera a beleza, mas também, além da beleza do corpo, a beleza do espírito. Transformara-se num monstro tanto no corpo como no espírito; ele se recordou do mandamento, transmitido havia gerações, que dizia que a mulher é a única coisa no mundo que não se deve oferecer a título de empréstimo e tampouco retomar, no caso de ter sido dada, pois ela muda, corrompe-se e se torna promíscua quando cai nas mãos de estranhos, assim como se transformam, se corrompem e se tornam promíscuas as crianças que os gênios logram sequestrar para substituí-las por crianças de sua própria estirpe.

Ele não se esqueceu de como foi dominado por uma crise de náuseas na primeira noite em que ficou a sós com ela depois da longa e dolorosa separação deles: não se constrangeu em vomitar diante dos olhos e ouvidos daquela gênia. Não bastasse essa atitude repugnante, também a expulsara de maneira perversa, enviando após alguns dias um de seus guardas para matá-la por sufocação no quarto do descendente de seu antigo inimigo.

Todavia, essa vingança não fora a única ação que ele perpetrara na série de ações que menosprezaram o mandamento e, em contrapartida, exaltaram o pecado do esquecimento.

O COMUNICADO

Antes que o sonho se alastrasse e o fizesse mergulhar nos prazeres do tempo perdido (aqueles prazeres aos quais ele tanto desejara se entregar, pois sempre os considerara um passado alternativo ao mito do dia presente, a respeito do qual aqueles que bancam o esperto tagarelam louvores por estarem convictos de que se trata do único tempo de cuja posse temos o direito de nos vangloriar), foi sacudido por um temor, tal como se um pesadelo o subtraísse de seu sonho na vigília, corrompendo não somente a sua viagem, mas também a sua solidão. Infiltrou-se nele a lembrança da segunda visita do mensageiro, tomando as proporções de uma miserável obsessão que lhe turvava a solidão e rompia a corrente de prazeres. Soltou um gemido angustiado e pressionou o peito com força, como se tentasse conter uma dor súbita. A palidez invadiu-lhe a fisionomia e o suor escorreu por sua testa. Contraiu a face sem que suas mãos interrompessem as massagens no peito. Bufou com força por duas vezes, esforçando-se para puxar o ar. A respiração, contudo, não se normalizou e o corpo não recuperou a tranquilidade perdida senão após uma luta prolongada. Examinou a túnica, que, agora grudada em seu corpo, se transformara numa pele alternativa à sua pele e sorriu de maneira enigmática. Examinou-a com a palma da mão, sentindo-a deslizar. Esfregou a túnica violentamente com os dedos, esperando sentir dor. Pegou uma lâmina, com ela cutucando o pulso, onde a manga da túnica havia mergulhado, fundindo-se à sua carne, e deu um pulo por causa da dor excessiva. A cutucada deixou uma marca no pulso. Marca de sangue. A túnica já não estava apenas colada ao corpo, aquela vestimenta de couro já não estava só grudada em seu corpo como ele inicialmente imaginara, mas se tornara, ademais, uma pele substituta da pele desse corpo. Tornara-se a pele de seu corpo.

Arquejou e se deitou. Decidiu livrar-se de seus sonhos em vigília e adormecer. Decidiu adormecer porque talvez assim a redenção lhe adviesse em sonhos, tal como o castigo viera em sonhos. Porém... teria sido de fato um castigo? Talvez o ocorrido não fosse nenhum castigo; talvez tenha sido uma redenção. Pois os dias apresentam amiúde provas de que aquilo que enxergamos como castigo não tarda a se revelar redenção, bem como aquilo que enxergamos como redenção constantemente se revela castigo. Às vezes, os desígnios do Invisível devem ser lidos de revés, tais como as profecias dos sacerdotes. A penetração da túnica de couro em seu corpo decerto não teria ocorrido não fossem os pêsames trazidos pelo mensageiro. Não fosse a aterrorizante instrução do Líder, trazida pelo mensageiro, para que ele se despisse... do quê? Da túnica! Como se a túnica fosse de fato uma túnica! Como se a túnica fosse uma simples vestimenta como outra qualquer, passível de ser vestida nas ocasiões de alegria e tirada nos tempos de tristeza. Como se a túnica fosse dádiva de algum membro da escória, e não do Líder grandioso. Como se a túnica não fosse um direito eterno conquistado. Como se a túnica fosse um tipo de títere infantil, e não um sinal emprestado do céu. Um sinal que habilita à posse das cabeças e das terras pelas quais vagam essas cabeças. Como se a túnica já não fosse o que sempre foi na Lei das tribos: uma clava que permite tomar emprestado o próprio papel do Líder, e quiçá um papel acima do papel do Líder!

Na segunda vez, o mensageiro não o visitou no escuro da madrugada, e sim nas sombras do entardecer. Ao contrário do que fizera no dia em que Assanai foi empossado, não se acomodou perto dele, mas lhe pediu permissão para saírem juntos num passeio. Assanai caminhou quieto a seu lado. Atravessou as ruelas do oásis, com suas sinuosidades e zigue-zagues, com suas subidas e descidas, até que os caminhos os conduziram ao portão da muralha norte. Ocorreu-lhe então fazer o caminho de volta com seu hóspede, mas o mensageiro sinalizou o propósito de atravessar a muralha e saírem do oásis, rumo à vastidão do espaço aberto.

Assanai hesitou por instantes. Dirigiu a palavra ao hóspede, dizendo:

— Mas a escuridão, meu amo, vai ser total.

Ouviu o mensageiro murmurar:

— A escuridão do vazio é mil vezes mais fácil do que a escuridão do coração!

Não se rendeu. Acrescentou, advertindo:

— Em torno das muralhas do oásis começam a circular ladrões assim que escurece, meu amo.

O mensageiro sorriu com menosprezo. Disse, sem voltar a cabeça para seu anfitrião:

— Não existe no embornal do mensageiro nada que ele receie ser roubado pelos ladrões!

Assanai fez um gesto para os vigias que estavam a postos naquela noite, e eles abriram o portão para que o mensageiro saísse. Avançaram ambos através do vazio mergulhado na escuridão, mas um feixe débil de luz irrompeu no horizonte, vindo do oriente. Assanai supôs que o mensageiro apostava no nascimento da lua. Apostara no nascimento daquele outro prodígio do qual ele se esquecera ora por causa da confusão, ora por causa da obsessão. Não se esquecera somente da existência da lua, mas também eliminara da memória outro prodígio ainda mais grandioso, qual seja, o sol. Quando contemplara o sol pela última vez? Quando havia contemplado o sol, consciente de que contemplava o sol? Quando saíra para um passeio à luz da lua? Ou, mais propriamente, quando saíra de fato para um passeio? A verdade é que ele vivera, nos últimos anos, não somente numa ausência, mas também em coma.

O mensageiro chutou uma pedra no caminho em direção à colina desolada que se erguia sobre o oásis pelo lado norte e cuja extensão mais extrema conduzia à montanha. Imaginou que o mensageiro daria início aos preparativos para lhe transmitir notícias sobre as condições do deserto, ao modo dos sacerdotes, pois estava certo de que aquela visita inesperada não prenunciava boas-novas. Por isso não esperou ouvir nenhum bem da boca do enviado do Líder. Embora picado pela curiosidade, muniu-se de paciência e preferiu esperar. Parecendo ter lido suas intenções, como era o caso de todos os enviados do Líder, aos quais nada se ocultava, o mensageiro decidiu desapontá-lo, evitando conversas sobre a situação no deserto, a corrupção da natureza das criaturas; a degradação climática dos últimos anos, atitude habitual entre as pessoas ajuizadas quando enfrentam algum constrangimento em entrar em assuntos espinhosos.

Nesse momento, ouviu a voz do mensageiro dizer:

— Espero que você já tenha compreendido, depois de todo esse tempo, que o poder não é o butim capaz de concretizar a felicidade para o homem!

Assanai lançou um olhar furtivo ao hóspede, mas não teve êxito em lhe decifrar a fisionomia. Balbuciou:

— É verdade. O poder, de fato, não concretiza a felicidade, mas... Mas a desgraça, meu amo, esconde-se em outra verdade, que é a inexistência de alternativas!

O mensageiro pediu esclarecimento em tom condenatório:

— Alternativas?

— Sim, sim. Porventura meu amo poderia nomear um único butim que seja adequado como alternativa ao poder?

Assanai voltou-se para o mensageiro, parecendo-lhe ter surpreendido, apesar das trevas, um sorriso desdenhoso nos olhos do hóspede. Ficou pessimista e submergiu em suas obsessões, mas a voz do mensageiro não demorou a subtraí-lo daquela ausência:

— Porventura não basta, como alternativa, a existência de mulheres nas vizinhanças?

Assanai não escondeu a alegria. Chegara a sua vez de desdenhar, e ele se rejubilou. Disse:

— E sem poder por acaso é possível conquistar mulheres, meu amo?

Olhou de esguelha para o hóspede, surpreendendo em suas pupilas, sob a luz da lua nascente, um sorriso obscuro. O mensageiro tornou a chutar uma pedra antes de dizer:

— Pode-se gerar dinheiro adotando o comércio como ofício!

Dessa vez, Assanai soltou uma risada. Uma risada corajosa, imprópria de se soltar na presença de um mensageiro do Líder. Bradou:

— O dinheiro é outra marionete que serve como perigoso adversário para a marionete do poder, meu amo, mas o dinheiro perde prestígio se não for apoiado no poder, digo, se ele fracassar em se tornar poder. Por esse motivo, o dono do poder o vê como um inimigo do qual deve se livrar a qualquer preço se quiser se manter feliz e tranquilo.

O mensageiro disse com frieza:

— Foi por esse motivo que você tirou do seu caminho os mercadores do oásis?

Estacou, acossado pelos sintomas de uma crise. Sintomas da crise de loucura que o dominava sempre que sofria alguma humilhação ou ouvia algo que considerava menosprezo. Fechou os olhos e respirou profundamente. Disse de olhos fechados:

— Isso é o que dizem os mercadores, meu amo.

O mensageiro o interpelou enquanto descortinava a distante linha do horizonte, onde a cabeça da lua se destacava, trajada de sangue, como se fosse um grande disco fundido em ouro:

— E você, o que diz?

— Não nego que apliquei o talião contra alguns deles, meu amo, mas esse talião não foi aplicado sem que tenha ocorrido um crime!

O mensageiro, contudo, recitou outro item da folha de acusações, sem regressar de sua viagem pelo horizonte pintalgado da cor do sangue:

— O que você diz a respeito da permissão para que as mulheres fossem violadas?

Suas células se agitaram, mas ele conteve a loucura. Respirações se sucediam em seu peito. Disfarçou a tempestade de reações. Disse:

— Não permiti que uma única mulher fosse possuída à força!

— Você está querendo dizer que a ausência de desejo não seria um fator determinante para a recusa das mulheres?

— Não ocorreu de elas terem se negado. Essa é uma das virtudes do poder, meu amo.

— Dizem que você engendrou um filho com uma mulher que estava sob a proteção do marido!

— Isso se deu com a aceitação dela e também com a concordância do marido, meu amo!

— Isso é crível?

Ele deu dois passos na direção do mensageiro. Parou à sua frente, trêmulo:

— Sim, isso é crível, meu amo, numa única situação: quando a pessoa detém o tacape do poder sem ter necessidade de empregá-lo. Não o censuro, meu amo, por me fazer ouvir semelhante acusação, pois meu amo jamais experimentou o poder; tampouco o censuro por sua ignorância sobre as artimanhas dos caluniadores!

O mensageiro caminhou para a frente. Começou a subir a colina e Assanai não viu remédio senão ir atrás. Emparelhou-se com ele tão logo o mensageiro leu um novo item da página de acusações:

— Fale-me agora sobre o que você fez com o sílfio!

Assanai gargalhou alto. Súbito, engoliu o riso como se lembrasse de estar na presença do enviado do Líder, credenciado a encaminhar a cerimônia do interrogatório. Disse:

— Eu já previa ouvir tal pergunta da boca do meu amo; o que fiz foi salvar essa valiosa erva da extinção à qual foi exposta mercê da monstruosidade dos ambiciosos no dia em que os mercadores do norte resolveram pagar-lhes o seu peso em ouro!

O mensageiro sentou-se no alto da colina. Disse, enquanto acompanhava o horizonte coberto por torrentes de luz:

— O povo confirmou que vocês se apoderaram da planta mais valiosa do deserto e se beneficiaram dos proventos que ela proporciona.

— Não fui eu quem se beneficiou dos proventos da erva, e sim os depósitos da Casa do Tesouro, meu amo!

O mensageiro lhe lançou um olhar de dúvida. Interpelou:

— Será que eu poderia ver essas riquezas nos depósitos da Casa do Tesouro?

Assanai começou a sufocar. Esforçou-se para inspirar fundo, a fim de não cometer uma estupidez. Seu suor escorreu com abundância, depois prosseguiu advogando em causa própria:

— Naturalmente meu amo não conseguirá encontrar tais riquezas nos depósitos da Casa do Tesouro, porquanto o dinheiro não se obtém para se transformar em tesouro nesses depósitos, e sim para ser investido naquilo que produz benefício às pessoas!

— Será que eu poderia conhecer os aspectos desses investimentos?

Assanai argumentou entusiasticamente:

— Não acredito que meu amo, nesta sua visita, tenha achado que o oásis continua o mesmo do dia em que me nomeou lugar-tenente para os destinos do povo!

— O importante não é que eu veja beleza nos muros ou nas estradas do oásis; o mais importante é que eu encontre beleza nas pessoas e na vida das pessoas!

Nesse momento, Assanai deixou escapar a frase:

— A eles eu também posso desafiar!

O mensageiro estranhou:

— Desafiar?

— Sim. Desafiar os caluniadores; quero que meu amo

me acompanhe amanhã numa jornada em que bateremos às portas a fim de nos inteirarmos da verdadeira condição das pessoas.

Um silêncio predominou no lugar. O mensageiro se calou e ele igualmente se calou. Na planície onde se estendia o oásis, brilharam luzes e vozes se altearam. O mensageiro disse:

— Agrada-me essa fé em si mesmo, mas é necessário que você saiba que as rédeas do poder jamais estiveram em minhas mãos!

Paralisado pelo espanto, sem acreditar no que ouvira, Assanai indagou:

— O que meu amo está querendo dizer?

O mensageiro respondeu enquanto vagava pela infinita vastidão do vazio:

— Eu quis dizer que a mensagem do mensageiro é o comunicado!

— Comunicado?

— Sim. O comunicado do Líder é o decreto de que a túnica seja retirada de você hoje, tal como em certo dia ele decretou que lhe fosse concedida!

O silêncio se prolongou bastante. Enfim, ele encontrou coragem para perguntar:

— E por acaso a túnica é um presente do Líder ou seria uma das dádivas do dono do mundo?

— O fato de ser um presente do Líder não significa que a túnica seja um direito conquistado!

Admirou-se diante do mensageiro:

— Eu nunca ouvi, na história do deserto, que uma túnica dada pelo Líder tenha sido tomada de algum pretendente que a tenha obtido!

— Reconheço igualmente que jamais fui enviado senão para entregar a túnica aos pretendentes, e que esta é a primeira vez que parti com a missão de retomá-la.

Calou-se um instante e acrescentou:

— Todavia, devemos não esquecer que a devolução da túnica também é uma atividade lícita na tradição da Lei.

Num tom que mesclava a amargura da decepção com estupefação, Assanai disse:

— Supus que a túnica fosse uma honraria perpétua; nunca me ocorreu que ela pudesse ser um títere de crianças!

O mensageiro expressou suas condolências dizendo:

— Jamais existiu honraria perpétua. Nada jamais é perpétuo. Neste deserto, não passamos de crianças que se divertem com títeres!

O plenilúnio se impôs no céu desnudo, o deserto se rendeu e as criaturas responderam em silêncio, jubilosas com a torrente de luzes e talvez mergulhadas no exercício da prece. Um silêncio suspeito que prenunciava o nada, como se não existisse criatura alguma no deserto, como se o deserto não existisse. Parecia a quietude que precedeu o nascimento das criaturas, e até mesmo o nascimento do deserto.

Ele pressentiu, naquela noite, um prazer misterioso. Um prazer jamais gozado desde a infância, único tempo no qual ele conhecera a rendição à quietude e a viagem em direção ao céu cravejado de uma pletora de estrelas, viagem que ele depois compreendera ser aquilo que os inteligentes e os adeptos do sacerdócio chamavam de contemplação.

Essa palavra simples, que eles não pronunciavam senão nas cerimônias de grande glorificação, e da qual sempre faziam depender esperanças secretas. Disse, com uma voz ainda sufocada pelas lágrimas:

— Insisto em afirmar que interrogar os inocentes é o testemunho da minha redenção!

Mas ouviu o mensageiro dizer:

— O testemunho desses que você chama de inocentes é justamente aquilo em que não se deve confiar!

Ele condenou com rudeza:

— E por que não confiar naqueles a quem eu fiz o bem desde o primeiro dia em que a túnica foi depositada em meus ombros?

E, capturando um sorriso de desdém nas pupilas do mensageiro, aduziu:

— Se Sua Alteza, o Líder, considera que causei prejuízos aos maiorais, não agi assim senão para fazer justiça aos pequenos. E se me permiti aplicar várias espécies de punição aos praticantes da iniquidade, eu não teria agido assim não fosse o meu desejo de prover a segurança daqueles que têm medo. E se expropriei dinheiro dos ricos, não foi senão para salvar os pobres da fome. Acaso o Líder não me concedeu, com esta sua túnica, a prerrogativa de ser, nestes quadrantes, o seu lugar-tenente?

O mensageiro disse, com a voz daquela quietude que alguns chamam de autoconfiança, e outros de sabedoria, e que o próprio Assanai chama de tom que alberga a provocação:

— A sua boa opinião sobre o vulgo me deixa pasmo!

Assanai defendeu-se com entusiasmo:

— Nas aglomerações do vulgo é que se escondem os simples, nas aglomerações do vulgo vivem os inocentes, nas aglomerações do vulgo existem os mensageiros que se disfarçam com as roupas desse vulgo!

— Acaso você engrandece o vulgo por medo de mensageiros que você vê como espiões de Sua Alteza, o Líder, ou o engrandece visando agradar à Lei do Líder?

Assanai desconcertou-se por instantes. Rapidamente, porém, recobrou a coragem tão logo se lembrou de se defender de tal interpelação, a qual poderia decretar-lhe a salvação ou, então, a morte:

— A lição está no resultado, meu amo, não nas intenções!

— Eis você aí cometendo um erro!

— Erro?

— O Líder nos julga pelas intenções, por isso perdoa os erros que cometemos com boa intenção, mas não nos tolera no tocante a intenções nas quais se sente o cheiro de negociata, mesmo que, ao fim e ao cabo, ela se mostre uma boa obra.

Assanai disse, num tom abalado pela angústia:

— Negociata foi algo que jamais me ocorreu, meu amo, creia-me!

O mensageiro, no entanto, foi inclemente:

— Agradar ao vulgo por medo de mensageiros que você considera espiões do Líder não é senão uma negociata para buscar o agrado do Líder, na suposição de que é possível buscar o agrado do Líder por meio de propina!

— Propina?

— Como poderíamos chamar o ato de agradar às criaturas, seja por temor à cólera do Líder, seja por ambicionar sua aprovação? Existe outro nome que não trapaça ou propina?

Ele observava o mensageiro à luz do plenilúnio, tremendo devido à excitação desmedida:

— Eu supus que a aprovação do Líder era uma dívida contra o pescoço de todos nós. Pelo menos foi isso que herdamos dos mandamentos dos nossos ancestrais.

— Você se engana! Deveria procurar a aprovação da Lei promulgada pelo Líder, e não buscar a aprovação do Líder!

Assanai interpelou-o com espírito infantil:

— Acaso existe diferença entre o Líder e a Lei promulgada pelo Líder?

— Existe diferença, naturalmente, pois de modo constante sacrificamos a Lei promulgada pela vontade do Líder a pretexto de um alegado amor por ele, e nos esquecemos de que o Líder não existe fora da Lei que ele promulgou.

Naquela noite, Assanai vacilou antes de expressar dúvidas que jamais expressara na vida:

— Se a questão for como você diz, então receio que nos tenhamos equivocado na leitura da mensagem!

Mas o mensageiro fingiu ignorar a confissão, aduzindo outro esclarecimento:

— A realização de ações para lograr a aprovação do Líder é uma negociata humilhante, ó lugar-tenente, ao passo que o amor pela Lei no encaminhamento dos assuntos mundanos é que deve ser o objetivo. Sabe por quê?

Sem esperar resposta, acrescentou:

— Porque o amor da Lei é uma certeza, sendo tudo o mais baldado. Por tal motivo, isso é uma dívida contra o pescoço de todos nós.

Assanai divagou para longe. Interpelou-o, ausente:

— O que significa isso de ser a Lei uma certeza, meu amo mensageiro?

O mensageiro respondeu ainda fitando o céu, no qual as estrelas faziam sinais como se lhe entregassem uma profecia em cada um deles:

— Eu quis dizer que a redenção do erro está na certeza, que é chamada, na língua dos sacerdotes, de fé. O engrandecimento do Líder não está em sua aprovação, mas no engrandecimento de sua Lei, à qual as gerações deram o nome de Verdade!

Em seguida, voltou-se para Assanai pela primeira vez desde que pararam na colina, dizendo:

— Entristece-me dar-lhe a notícia de que a sua insistência em interrogar os moradores do oásis faz de você um náufrago que busca salvar-se por meio de uma palha!

A expressão do mensageiro o fez estremecer e Assanai pressentiu uma debilidade que quase o prostrou ao solo, mas resistiu:

— Porventura o meu amo está querendo dizer que cumpriu o dever de interrogar antes de vir ter comigo?

O mensageiro respondeu à pergunta com outra pergunta:

— E por acaso os mensageiros do Líder pronunciam

algum veredito que não seja precedido pelas obrigações da averiguação?

Quase desabando ao solo, ele se pôs a caminhar sobre as pedras da colina, indo e vindo, para controlar-se. Perguntou:

— Isso significa que o veredito de nosso amo já foi expedido e a questão está encerrada?

O mensageiro quis animá-lo:

— Proferir o veredito não significa que ele será executado!

Assanai pediu explicações com um gesto e o mensageiro esclareceu:

— A contestação é um direito legítimo na aplicação da Lei, e não fosse esse direito eu não o estaria ouvindo agora!

Assanai aproximou-se do mensageiro. Agarrou-se à ponta de sua roupa. Gemeu qual um agonizante:

— Mas qual seria a efetividade do direito de contestação se a minha apelação para me defender não encontrou até agora ouvidos atentos em meu amo?

O mensageiro disse com voz calma:

— Se eu não possuo o direito de dar esperanças, arrogando-me uma autoridade que não possuo, isso não significa que os seus argumentos de defesa não encontraram ouvidos atentos!

Gaguejou:

— Verdade?

— Eu posso interceder na medida das minhas possibilidades, mas a decisão final não está em minhas mãos, pois não passo de um mensageiro, portador do comunicado. Quanto aos moradores do oásis, são eles a parte mais fraca no testemunho da sua inocência, tal como você achou por bem denominá-la, porquanto olvidou a natureza dos homens, os quais se inclinam, mais do que qualquer outra coisa, a negar as benesses. Você também se esqueceu do anseio deles por mudanças, mesmo que tais mudanças lhes tragam desgraça ao invés de fortuna.

Ele se arrastou no cume da colina, diante do mensageiro. Disse com ansiedade:

— A respeito da vileza dos moradores do oásis, posso contar ao meu amo várias fábulas, mas... Mas, na opinião do meu amo, por acaso existe, verdadeiramente, algum resto de esperança?

O mensageiro respondeu após algum silêncio:

— Não é meu direito pronunciar promessas, porque a missão do mensageiro é levar a questão ao responsável!

OS DOIS CAMARADAS

— O ser abjeto é um escravo quando perde e um tirano quando triunfa!

Esse mandamento deslizou pela língua de um homem de baixa estatura, cabeça descoberta não apenas de gorro, mas também de cabelo. Estava ao lado de um homem delgado, velado, alto, pele cor de cobre como a de seu companheiro careca, ambos encostados num muro muito branco defronte à praça do mercado de gado, pois nenhum deles se sentava no chão durante o repouso, mantendo-se, em vez disso, de cócoras, como se previssem um ataque e se mantivessem preparados para a fuga.

Estavam ambos de frente para o disco solar que então nascia, numa cerimônia de louvação a cuja prática se habituaram desde a infância, pois haviam herdado tal prece de seus primeiros ancestrais, e já fazia muito tempo que ela deixara de ser uma obrigação para se tornar um vício prazeroso, inclusive uma felicidade da qual não se abria mão. Encontravam-se diariamente durante o escuro da madrugada e depois saíam juntos para uma volta ao relento, mal se abriam os portões do oásis. Caminhavam calados pelo vazio, parecendo, naquele escuro da madrugada, dois espectros do Invisível (aqueles espectros aos quais tanto apetece vagar ao léu pelos ermos sempre que o deserto faz descer a escuridão), mas sem pronunciar palavra até que brotasse no horizonte a luz matinal, quando então davam meia-volta, recepcionando o amanhecer diante do muro branco da praça do mercado de gado. Ali sentavam-se lado a lado, a seu modo esquisito, mirando com ternura o disco solar enquanto ele irrompia no céu desnudo, eterno em sua nudez.

As gentes do oásis chamavam o homem de baixa estatura pelo nome de Assarof e o apelidavam de "Sacerdote". Já ao homem de alta estatura chamavam pelo nome de Edbanan e o apelidavam de "Imigrante".

O último apelido, conforme se dizia, não tinha correspondência real alguma com a imigração, e sim um vínculo íntimo com a solidão, tendo sido repetido pelo vulgo desde a primeira vez em que fora pronunciado, devido à ignorância dessa gente sobre a diferença entre vagar pelos desertos em busca de sustento e refugiar-se nos desertos para se afastar das demais criaturas. Tão logo Edbanan saía das muralhas do oásis em sua jornada rumo às montanhas de Hankaka (a única via para atingir a região de Hamada Ocidental, pendurada no céu), já os mais velhos mandavam as crianças em seu encalço, atribuindo-lhe (pelos pais) estupidez e prenunciando seu fracasso a cada nova incursão, porquanto jamais ocorrera, em suas incessantes viagens, de Edbanan regressar com alguma mercadoria ou butim, ou mesmo com alguma caça, pois elas tinham a certeza (ou, melhor dizendo, seus pais tinham certeza) de que um homem não sai para arrostar os perigos das viagens sem o propósito de entabular alguma negociação comercial ou trazer alguma mercadoria rara, ou associar-se a alguma algara para obter um butim, caçar um carneiro selvagem ou, no pior dos casos, um filhote de gazela. Esses miseráveis não se limitavam a gritar-lhe impropérios humilhantes quando ele saía, mas também o perseguiam com semelhantes maldições quando retornava. Contudo, o Imigrante, conforme o apelidaram, nunca dera a menor importância a tamanha hostilidade. Limitava-se a desenhar um sorriso enigmático nos lábios (talvez como expressão de indiferença ou sinal de compaixão), abarcando com as pupilas o cume de Hankaka, que despontava ao longe, enrolado em leves e misteriosas faixas azuis, e preparando o corpo para a travessia de áreas que pareciam um labirinto sem fim.

Nos momentos em que o oásis se via livre daquele adepto da solidão, o Sacerdote vivia uma vida de criança tornada órfã não somente de pais, mas também de parentes, embora jamais renunciasse à prece da saída matinal para os ermos, regressando do passeio para presenciar sozinho o magnífico nascer do sol, encostado ao muro em frente à praça do mercado de gado. Diz-se que o mistério de o Sacerdote não acompanhar seu amigo não tinha relação com o medo dos perigos das viagens (ao contrário do que propalam os malvados), tais como ogros ou gênios, ou víboras, ou feras, ou inimigos, ou a sede, ou o extravio, mas sim com uma lesão que ele sofrera nas nádegas na infância, a qual o impedia de caminhar por longas distâncias. As pessoas ajuizadas sorriam com desdém sempre que Edbanan despontava no horizonte, pois sabiam que o primeiro a acorrer para recebê-lo seria o Sacerdote Assarof, muito embora elas nunca se questionassem por que o Sacerdote Assarof não acompanhava o amigo quando este saía, tal como acorria para recebê-lo quando chegava.

Na manhãzinha daquele dia, o Sacerdote pronunciou o mandamento diante do muro; em seguida um longo silêncio se instalou até que Edbanan o assimilasse, repetindo-o literalmente:

— O ser abjeto é um escravo quando perde e um tirano quando triunfa!

O Sacerdote compreendeu que seu amigo examinara aquele mandamento o tempo todo, à maneira dos homens solitários, não o repetindo senão depois de haver derrotado, em seu íntimo, qualquer restrição que existisse a ele.

Extasiou-se feito uma criança com esse testemunho enquanto ouvia seu companheiro dizer:

— Não sei por que o povo não aceita que Assanai tenha sido atingido por um feitiço, justamente esse povo que não ignora a história desse desgraçado!

Alguns pastores invadiram a praça do mercado conduzindo camelos, e no rastro deles outros pastores surgiram conduzindo rebanhos de ovelhas, violando a sacralidade do silêncio com sua balbúrdia.

O Sacerdote disse:

— Os homens ajuizados diziam que a túnica do Líder não era uma condecoração no peito dele, mas um teste, e só depois compreenderam que a doação não era um teste para Assanai, e sim para eles!

Edbanan corrigiu:

— Era um teste para todos nós!

Assarof gritou:

— Contudo, eis aí os dias revelando a sabedoria do Líder, tal como nunca cessa de acontecer.

Edbanan concluiu:

— Somente hoje podemos acreditar que a dádiva sempre oculta um castigo, ao passo que aos idiotas ela parece consistir numa redenção.

O Sacerdote comentou, após um silêncio perturbado pela balbúrdia do mercado:

— Isso é verdadeiro em relação a todas as dádivas, e não apenas em relação à dádiva do Líder.

— É imperioso acreditarmos no que foi transmitido pelas gerações passadas sobre a verdade da túnica forjada a partir de peles humanas e não de peles de animais extintos, ao contrário do que alegam os esbirros.

O Sacerdote se voltou para o Imigrante. Examinou-o com curiosidade, como se ele fosse um estrangeiro, depois o interpelou:

— Você acredita que a pele da túnica pode se fundir tão irresistivelmente assim à pele do tirano, tal como ecoam os boatos?

O adepto da solidão respondeu em tom neutro:

— E por que não se fundiria pele com pele, se Assanai se afeiçoou ao poder da dádiva e presumiu tratar-se de um direito eterno adquirido? Acaso não se diz que nós nos tornamos parte de tudo o que amamos mais do que se deve?

— Dizem que essa frase foi o motivo da morte do coitado do feiticeiro!

— O feiticeiro seria aniquilado de qualquer maneira.

O Sacerdote o encarou, a luz do sol matinal brilhando em sua calva descoberta. Disse:

— Por que o feiticeiro deveria morrer qualquer que fosse a situação?

O adepto da solidão respondeu, perseguindo com o olhar os restos de uma miragem que se reproduzia, escalando o cume da montanha ao norte:

— Porque os feiticeiros constituem a tribo dos que não morrem no seu devido tempo: quando não morrem pelas mãos de terceiros, acabam morrendo por causa dos próprios feitiços!

Assarof prestou atenção na balbúrdia do mercado, que começara a se encher. Disse:

— Temos, porém, de reconhecer que a morte à traição é algo que o ser humano não merece, ainda que seja feiticeiro, e até mesmo inimigo!

— Fala-se que o canalha lhe havia dado garantias de vida.

— Não considero que o feiticeiro fosse tão idiota a ponto de acreditar numa garantia de vida proferida por Assanai.

— Foi esse o erro do feiticeiro, de quem se dizia ser o

único que jamais erraria duas vezes, porquanto o seu primeiro erro seria sempre fatal!

Assarof prestou atenção na gritaria dos comerciantes no mercado. Disse:

— É uma ironia do Invisível que o tirano tenha matado um escravo e depois um feiticeiro, a fim de que o seu segredo não fosse divulgado, e em seguida a sua concubina tenha espalhado o tal segredo!

Edbanan comentou:

— Não morremos senão pelo que amamos!

Assarof acrescentou:

— Ou pelo que possuímos!

A calmaria tentou se estabelecer, mas a confusão no mercado recrudesceu. Edbanan disse:

— Só morremos pelo que possuímos se tivermos um amor profundo a essa posse.

— O amor profundo é sempre o perigo dos perigos.

Edbanan, contudo, pulou para a história da concubina:

— Conta-se que Assanai concedeu a salvação à mulher graças tão somente à paixão, mas que nem por isso deixou de arrancar a língua dela.

Assarof soltou uma gargalhada contida como se fora um estertor, esfregou com a palma da mão sua venerável calva e disse:

— Mas aquela demônia o enganou, pois ela soube como divulgar o segredo dele por meio do alfabeto antigo, que ela caligrafou com o atiçador de fogo. Hahahaha...

Edbanan comentou com indiferença:

— O conhecimento que a espertalhona tinha do alfabeto da língua antiga era algo com o qual o canalha não contava!

Repentinamente, Assarof fixou o olhar no rosto do companheiro. Perguntou, preocupado:

— O que você supõe que Assanai fará consigo mesmo depois disso?

Edbanan refletiu por instantes antes de responder:

— Ele não tem escapatória senão renunciar ao amor pela túnica!

— Por acaso você presume que ele se salvará se renunciar ao amor por ela?

O adepto da solidão respondeu com frieza:

— Não herdamos, dentre os mandamentos transmitidos pelas gerações, nenhuma história de alguém que tenha amado a túnica e depois triunfado em renunciar a ela após havê-la obtido!

O OÁSIS

Adri é como se chama o oásis, mas os mercadores das caravanas acrescentam a esse nome a atribuição "do Norte", a fim de distingui-lo de outro oásis de mesmo nome, porém com um atributo diferente, "do Sul". Este último situa-se nos desertos de Tarja, nome que os forasteiros e os povos intrusos do norte dão às gentes do deserto, relacionando-as com aquela região arenosa, rica em fontes d'água.

Este Adri do Norte situa-se numa depressão terrestre de enorme extensão, nas bordas do deserto de Tinrhert do Norte. Sucessivas gerações têm dado a ele o nome de Adri por causa dessa depressão, pois a palavra "adri", na língua dos povos desérticos, quer efetivamente dizer "fenda", ou "sulco no centro da terra plana". Esse lugar não se teria transformado num oásis não fosse o privilégio oferecido por essa depressão, graças à qual o lugar se apropriou da maior parte das águas de todo o deserto do norte, pois a água das chuvas que caem sobre os planaltos circunvizinhos corre para a parte baixa, devido ao fato de que a essência da justiça se imprimiu na água, que por sua natureza correrá para baixo enquanto existirem recantos inferiores na terra, conforme diziam os antigos. Por outro lado, os povos dos desertos situados em pontos altos viajam por grandes distâncias, amiúde durante meses, com o propósito de obter água de poços escavados em rocha sólida, cuja profundidade atinge extensões fabulosas, as narrativas primevas relatando que o mérito dessas escavações de poços remonta à queda dos corpos celestes em tempos dos quais já ninguém se recorda.

Apesar da dádiva que o povo do deserto via no encontro de um desses poços, tesouros desse gênero nem sempre eram considerados um triunfo sobre a morte, uma vez que a fabulosa profundidade de tais poços exigia cordas em profusão tal que encheriam vários fardos. Não raro, nações inteiras haviam perecido de sede sobre a boca desses poços por causa da inexistência de uma quantidade suficiente de cordas.

Ao leste do oásis, como também ao sul, estendem-se desertos planos sem fim, ao passo que os ermos do norte chegam até os oásis que dão para os mares sobre os quais se elevam. Quanto ao lado oeste, nele se localiza um oásis renomado que foi um concorrente constante de Adri, o oásis de Qadmos, sobre o qual se conta ter sido inaugurado pelo primeiro ser humano a pisar o deserto, o qual lhe deu seu nome. Esse nome excelso, porém, não tardou a se transmudar, nas algaravias das nações do deserto, em Gadmos, durante certo tempo, e logo em Gadames nas etapas históricas subsequentes. O oásis de Qadmos não teria florescido a ponto de atrair o comércio das caravanas para as praças de seus mercados não fosse a abundância das águas com as quais se abastecia a partir dos elevados que cercavam Adri do Norte. Aliás, esse oásis de Qadmos, apelidado de "venerado pelas gerações", não existiria efetivamente nas terras do deserto não fosse essa valiosa dádiva que ele recebeu a título gratuito das terras de seu consorte, o oásis de Adri do Norte. E conta-se que a rivalidade entre os dois oásis não raro levou a graves confrontos, chegando a descambar, em determinadas ocasiões, para a deflagração dos fogos da guerra, mas em nenhuma vez ocorrera a Adri do Norte valer-se de sua localização afortunada para utilizar contra o vizinho a arma das águas a fim de matá-lo de sede. E o mérito por adornar-se com tal heroísmo deve-se menos ao espírito de tolerância e mais ao espírito dos ancestrais, que consideravam privar o adversário de água (mesmo sendo ele o pior dos inimigos) não um crime contra a Lei terrestre, mas uma negação da Lei celeste. E parece que tal característica exerceu algum papel na recusa em guerrear em etapas posteriores, bem como no recurso ao campo da honra nas disputas entre os dois oásis, por exemplo, na criação de técnicas de sedução para atrair as caravanas ou na condescendência na imposição de aduanas, ou na isenção aos estrangeiros do pagamento de tarifas para se abastecerem de água, ou na organização de festas noturnas para os imigrantes e hóspedes, ou na concessão de privilégios para homenagear a chegada das caravanas, ou no fornecimento gratuito de comida para viandantes e forasteiros.

O oásis repousa numa imensa planície que se limita ao norte com uma cadeia de colinas cujos picos são ocupados pelos túmulos esféricos dos ancestrais, tendo emprestado sua forma, segundo se relata nas crônicas antigas, às construções do oásis, que nos primeiros tempos eram de uma esfericidade rigorosa, emprestada, por sua vez, da esfericidade do muro que cerca o oásis. Tal esfericidade não se tornou Lei senão na tradição dos ancestrais primevos, os quais fizeram essa forma baixar à terra inspirados na esfericidade dos corpos celestes. Essa cadeia de colinas conduz a uma montanha assentada ao norte como um animal mitológico, embora se trate de uma montanha rígida, afastada, o que lhe dá um traço de solidão no qual as gentes do oásis enxergaram um mistério que sempre as fazia reviver no espírito um sentimento de santidade. A partir do sopé dessa montanha, iniciavam-se débeis elevações, vazias, argilosas, marcadas pela brancura, sulcadas pelas rotas das caravanas que se dirigiam ao oeste, em direção ao imortal oásis de Qadmos. Do lado oriental, estende-se um labirinto vazio e plano ora forrado de pedras, ora de pedregulhos, que vai se distanciando, envolto em rastros de miragem, até desaparecer ao longe, fundindo-se ao arco do horizonte.

Ao sul, estende-se igualmente uma planície, e ela se expande por áreas tão vastas que muitas vezes é preciso percorrê-las um dia inteiro para alcançar a venerável cadeia de montanhas que carrega nas costas o deserto celeste de Tinrhert. Apesar dessa distância, o cume do monte Hankaka surge aos olhos com clareza, envolto num azul emprestado do azul do céu. Para quem o observa, o cume desponta já a partir da orla da planície, e até mesmo de distâncias maiores do que a orla da planície, bem mais próximas, escapando, no entanto, tão logo o viajante se põe a procurá-lo, como se aquela cadeia montanhosa cor de cobre se furtasse propositalmente ao olhar dos viajantes, lançando diante deles as histórias dos ancestrais, corporificadas em vestígios que remontam a milhares de anos. No caminho para os cumes distribuem-se várias espécies de sepulcros e tumbas, às vezes de tamanhos diferentes, feitos com pedras de cores contrastantes, conquanto jamais contrariem a Lei da esfericidade. Os sepulcros mais antigos surgem como pedras espalhadas, pequenas, de cor cinza, limadas pelas chuvas (apesar de raras), cujas lápides as correntezas do tempo aplainaram, deixando-as na mesma altura do solo, empapadas na argila da superfície baixa ou das bordas dos vales. Os homens ajuizados falam e dizem que o segredo da dispersão das pedras se deu por causa da antiguidade, e a pequenez delas remonta ao fato de os donos dos túmulos pertencerem a linhagens do vulgo, tendo sua cor se tornado cinzenta não por causa dos sóis das gerações antigas, mas por terem sido queimadas pelo fogo num tempo em que os povos do deserto queimavam os cadáveres de seus mortos.

Contudo, os túmulos do sopé e dos vales se transformavam em autênticos sepulcros assim que o viajante chegava aos planaltos que davam para os cumes da cadeia montanhosa. Aqui cresce o tamanho dos sepulcros, as cores de suas pedras ficam diferentes, e até mesmo a forma delas. Os mandamentos confirmam que os sacerdotes, os líderes e os maiorais necessariamente ganhavam uma quantidade maior de pedras quando morriam, assim como haviam ganhado maior venerabilidade em vida. Também se impunha que obtivessem locais mais elevados para as moradias de sua eternidade, assim como haviam obtido para si próprios lugares mais elevados graças a seu prestígio na vida mundana. Os líderes, sacerdotes e homens magnificados, entretanto, não se contentavam com tais privilégios em sua viagem pela eternidade, e outro mais lhes era acrescido. A cor das pedras utilizadas em suas moradias eternas tomava emprestada a cor do sol, ou seja, a brancura, em comparação com a cor das pedras dos túmulos da gente simples enterrada nas partes mais baixas da terra. O privilégio não devia se limitar somente à cor das pedras, mas também evidenciar-se em seu volume. As pedras dos sepulcros do alto não eram simples pedaços banais colhidos na planície, e sim blocos retangulares de pedra polida, selecionados com cuidado para constituir um testemunho a mais do prestígio do dono do sepulcro. E os maiorais, não satisfeitos com semelhantes providências para preservar sua influência após terem partido, estabeleceram ainda outro costume, por meio do qual o sepulcro dos homens magnificados recebia uma quantidade maior de blocos de pedra, de modo a despontar ao longe, generosamente, análogo ao despontar de uma colina ou até mesmo de uma montanha. Através dos tempos, os homens humildes se deram pêsames por meio de um mandamento que diz: "Qual benefício têm os maiorais recebendo maior quantidade de pedras do deserto para as despejarem sobre sua carcaça se, como nós, vão ficar num berço redondo que cedo ou tarde desaparecerá?". Todavia, os homens magnificados, em sua fatal aposta pela permanência, esfalfam-se em zelar pela identidade das pedras, pois as consideram um sinal que não difere do ser humano em sua existência mundana vista em sua qualidade mesma de sinal, motivo por que as veneram e veem nelas uma prova da imortalidade (mesmo como mero testemunho de uma existência)!

Desses cumes montanhosos desborda-se um riacho que corre sob a terra (os primevos resolveram ocultá-lo com blocos de pedra e argila com medo de que a força do sol lhe arrebatasse as águas escassas), transformado num canal secreto a correr no ventre da terra e a nutrir o oásis, dali prosseguindo em percurso, por suas galerias secretas, até chegar ao oásis de Qadmos, a oeste. Não obstante o ganho desse tesouro proporcionar segurança ao oásis de Adri, com o qual muitos outros oásis não contavam, seus sábios insistiram em perfurar poços ocos, visando o abastecimento de água para o caso de eclodirem guerras em que eventuais invasores encontrassem a fonte secreta do oásis a correr por baixo da terra.

Das regiões mais antigas o oásis herdou a Lei da esfericidade e perseverou na preservação desse mandamento, apesar da rebelião das edificações, com sua expansão para o leste, em direção à entrada de Tinrhert, ou sua expansão para o oeste, em direção à entrada de Qadmos, ou seu avanço para o sul, em direção à entrada de Tarja, ou sua escalada para o norte, em direção à entrada de Buhur.

Conta-se que esses muros também tomaram emprestado, com o decorrer do tempo, o espírito da imigração, expondo-se à demolição sempre que o interior do oásis se tornava estreito com as muitas espécies de edificações, as quais por isso migravam para devorar um novo pedaço do deserto, sem trair, nessa marcha, o mandamento da esfericidade!

O LÍDER

Em suas anedotas, os velhacos do oásis repetem uma frase que, à força dessa repetição, quase se transformou em mandamento e na qual se afirma: "É impossível que um filho do deserto se reúna com outro filho do deserto sem que ambos evoquem o Líder para ser o terceiro nessa reunião!".

E essa discussão não arrefece senão para ressurgir de tal maneira ainda mais acalorada, que não se limita a falar sobre o Líder e sobre o enigma de sua alegada imortalidade, debruçando-se igualmente sobre questões como sua obscuridade e extravagância, a natureza de seu poder, o segredo de seu retiro e o mistério de sua identidade, além de seu jogo predileto com os súditos, ao qual o povo deu o nome de: a túnica!

No calor febril das discussões, as pessoas também se questionam sobre o segredo da solidão do Líder, pondo-se a arrolar argumentos. Enquanto alguns dizem que seu recurso à inviolabilidade do isolamento consistiu numa fuga às vilanias dos súditos e à incapacidade de entabular artimanhas para lograr a estima do povo do deserto, outros se opõem e rechaçam semelhantes acusações contra Sua Alteza, declarando que o Líder preferiu viver no deserto como imigrante não para fugir da servidão que certa dívida lhe imporia, mas, ao contrário, que se retirou para os ermos da quietude com o propósito de isolar-se com sua idolatrada imortal: a liberdade!

Tal como qualquer outro de sua espécie, essa imortal idolatrada se recusa a associar-se a quem quer que seja. Contudo, esse argumento não convence os adeptos da dúvida, os quais não raro interpelam: "Se ele, deveras, prefere manter-se isolado com a sua amada, a qual se recusa a se associar a quem quer que seja, por que então o Líder não renuncia a um poder que, na tradição das tribos, sempre foi apenas e tão somente um fardo?".

Os adeptos da certeza, no entanto, não deixam escapar um argumento para defender a conduta do Líder e afirmam que o amor pela liberdade não é um crime inventado pelo Líder, mas o pecado de todos os homens do deserto. E que, embora os sacerdotes das tribos decantem a renúncia e enalteçam a solidão em seus mandamentos, eles não o fazem senão a fim de que os tronos do poder se esvaziem e eles possam se atropelar na disputa para dominá-los e tomá-los para si. Os sacerdotes, aliás, já ocuparam esses tronos por períodos bem longos, conforme atestam as crônicas antigas, e o único a obter êxito em expulsá-los foi o Líder, cujo maior mérito foi juntar estes polos: o polo da Lei e o polo da Moral; o polo da obrigação e o polo do mundo; o polo do espírito e o polo do corpo; o polo do céu e o polo da terra.

Porém, o relato da disputa entre esses dois imortais partidos (o partido dos adeptos da certeza e o partido dos adeptos da negação) não se atém a tais limites. Faz tempo que os adeptos da negação começaram a pôr em dúvida a identidade do Líder, assegurando que ele jamais pertenceu a uma linhagem que não a linhagem dos homens do Invisível, os quais alegam serem donos do deserto. A prova? Não há prova mais forte do que o Líder manter-se fora do alcance das vistas de todos, mais até do que os próprios homens do Invisível, pois os gênios sempre surgem diante do povo do deserto premidos por alguma necessidade, tal como a realização daquele gênero de negociações suspeitas por meio das quais eles sequestram os filhos dos homens a fim de substituí-los por crianças de sua própria linhagem, ora disfarçando-se de mercadores que vão aos mercados a fim de trocar mercadorias, ora atacando os acampamentos para sequestrar os mais belos dentre os humanos. Quanto ao Líder, não há notícia de que qualquer olho humano tenha caído sobre ele desde que renunciou não apenas para isolar-se, mas também para ocultar-se aos olhares.

Com o propósito de refutar essa acusação, os adeptos da certeza chafurdam na repetição de relatos não isentos de obscuridade, nos quais se fala sobre a verdade da liderança, que jamais se estabelece sem isolamento. Apraz a esse partido da certeza cantar os méritos do isolamento com uma língua cujos códigos os simples jamais conseguiram decifrar e cujo sentido não compreendem. Na certeza deles, a liderança, por sua própria natureza, consiste em tamanha blasfêmia contra os céus que deve ser punida da maneira mais penosa; assim, o dono desse poder não se oferece (mediante tal escolha) apenas como uma oferenda nas mãos das criaturas, mas expõe sua própria vida ao perigo daquela classe de desgraças tecidas pelo destino, contra as quais nenhuma mísera criatura dispõe de meios de defesa. Por esse motivo, o isolamento não é mero artifício, mas, antes, necessidade de prevenção de semelhantes maldades. Manter-se ausente dos olhares é também um disfarce inspirado nos preceitos do cumprimento das obrigações lançadas aos ombros do dono desse venerável título, a fim de afastar uma morte certa que o Líder imperiosamente pagará como preço do pecado de ter aceitado encarregar-se desse depósito em confiança!

Conta-se que tais argumentos foram o motivo que acendeu o fogo da discórdia entre os dois grupos, desencadeando guerras entre ambos. O fato é que o partido dos propugnadores da dúvida não demorou a lançar o chamamento que afirma em sua letra: "Se a liderança é uma vileza, por que o Líder não se livra de seu mal renunciando a ela?", ao que o partido da certeza responde: "Se o Líder renunciasse à liderança, sendo ela o seu destino e uma dívida pendurada em seu pescoço, quem reuniria condições para substituí-lo, encarregando-se dos assuntos do deserto?".

A discussão conduziu os dois grupos à verdade sobre o Líder. Enquanto o partido da negação divulgou que o Líder descendia da raça dos gênios, apresentando como argumento a história do retiro, um terceiro grupo levantou outro problema, acusando-o de manipular os mandamentos de uma Lei que fora, ela própria, a justificativa de sua existência. Esse grupo alegou que o Líder não se aferraria à liderança por tanto tempo se alguma irmã sua tivesse gerado, de seu próprio ventre, um filho que fosse o seu sucessor no deserto. Contudo, ele teimou em negar a seita das irmãs, substituindo-a pela inovação da túnica, que envia para quem ele bem entender, a fim de que constitua um sinal que habilite esse escolhido a tornar-se, para Sua Alteza, um tutor sobre o pescoço de toda gente, o que acabou por desviar as vistas sobre a verdade de sua existência e as voltou para a disputa mortífera pela posse de sua túnica.

O partido da certeza recorreu à história dos mensageiros para fazer dela o seu argumento final sobre a verdade do Líder, após ter esgotado os artifícios para convencer os adversários da existência de testemunhas oculares que confirmassem ter visto o Líder durante alguma de suas incursões solitárias pelo deserto, mas a história dos mensageiros também fracassou em produzir um argumento que não contivesse falhas em algum ponto, atrás ou na frente, pois o partido da negação espalhou que os mensageiros jamais haviam sido portadores de mensagens do Líder, sendo antes, sempre, mensageiros de si mesmos, mensageiros de suas próprias mensagens, mensageiros de suas próprias visões, inclusive mensageiros de sua própria túnica, e não da túnica do Líder!

Depois disso, o pesadelo se apoderou do deserto, e a confusão predominou entre as tribos, confusão que levou ao fogo da discórdia e de cujas dores o deserto padeceu longamente, porque o partido da negação desta vez não se limitou a negar, mas lançou um chamamento que sacudiu todo o povo, assegurando que o Líder jamais fora senão um mito daqueles que servem para divertir as crianças nas longas noites de inverno. Ele não se isolara, não se afastara das vistas nem fora morto por uma punhalada de ogros, pelo simples fato de nunca haver nascido nem jamais existido. Quanto aos adeptos da certeza, eles amontoaram todos os argumentos que possuíam no longo percurso de sua história a fim de provar não somente sua existência, mas também sua imortalidade!

O PECADO

Nas selvas dos campos adjacentes ao muro norte do oásis, sob uma palmeira bem alta, três homens estão dispostos em círculo: o primeiro, um corcunda corpulento de olhos esbugalhados, com um véu de cor pálida, envolto num gibão de couro de natureza suspeita, estava sentado e curvado para o chão a fim de traçar símbolos enigmáticos na terra; já o segundo parecia um pouco mais alto, costas mais eretas, estrutura mais delgada, envolto num véu listrado e vestido com uma roupa de mangas largas, tecida com pelos de camelo ou talvez de algum outro quadrúpede próximo do camelo; quanto ao terceiro, estava deitado de costas no chão, olhando para o céu de um azul profundo e indiferente à sua própria imagem, sob cujo véu se revelava uma barba espessa já com marcas de encanecimento, o nariz comprido indo dar numa cabeça pontiaguda, cuja agudez se semelhava ao bico de uma ave.

Eles relaxavam após a tardezinha de um dia tórrido, mas não conseguiam se entregar ao império do relaxamento porque a história do Líder necessariamente se intrometia, tornando-se um quarto companheiro entre eles, tal como ocorre a todos os companheiros.

O corcunda se pronunciou com voz rouca, como se lutasse para se libertar da sufocação imposta pelos punhos de um gênio:

— A túnica no corpo de Assanai foi uma punhalada na justiça do Líder. Eu já lhes havia dito isso desde o primeiro dia.

O homem magro ironizou:

— Você fala da justiça do Líder como se acreditasse na existência dele, Assan!

Contudo, os olhos do homem do gibão de couro suspeito se esbugalharam mais ainda quando ele se ergueu para argumentar:

— Eu sempre disse que seria o último a acreditar na existência do Líder, mesmo que ele me provasse tal existência aparecendo diante de mim num corpo de carne e sangue, mas também não me farto de repetir que o Líder é a única coisa cuja invenção se impõe a nós no caso de nos faltarem artifícios para encontrá-lo!

O homem magro olhou de esguelha para o homem do nariz em forma de bico e disse:

— Ouviu, Ezer? Assan pretende trair o pacto!

Assan contestou num tom ao qual não faltava entusiasmo:

— Ocultar os desígnios no que tange ao Líder não consiste numa traição ao pacto, e sim uma resposta à obrigação de colocar em dúvida todas as certezas ou pressupostos!

Ezer se pronunciou sem deixar de vigiar a profundidade do azul no labirinto do céu:

— Se Assan considera que a túnica consiste numa punhalada na justiça do Líder, eu considero que ela é, sim, uma punhalada, não somente na justiça do Líder, mas também na sua realidade!

O homem magro bradou:

— Salve! Salve! Era isso que eu queria ouvir da boca do companheiro, e não a estultice sobre a necessidade de inventar o Líder da qual fala Assan!

Assan se aprumou, mas a corcunda o traiu e ele ficou ainda mais curvado para o chão. Disse:

— Muito bem, meus heróis! Se na opinião de vocês a liderança é o pecado dos pecados, conforme vocês sempre afirmam, o que seria então a túnica concedida pela liderança?

Após trocar um olhar significativo com Ezer, o homem magro fez menção de murmurar algo, mas Ezer se antecipou na resposta:

— Suponho que a ânsia de vestir a túnica não seja senão a ânsia de atribuir-se a si próprio o papel de Líder!

Os companheiros trocaram olhares. Assan interpelou, após um silêncio:

— Qual é a opinião de Amazar?

Amazar balançou a cabeça por algum tempo e disse:

— Se nos assegurarmos da correção do que vocês disseram, não resta dúvida de que a túnica é uma espécie de sombra!

Ezer espantou-se:

— Sombra?

Amazar respondeu:

— Não apenas sombra, mas rede! Uma verdadeira cilada!

Assan interpelou com assombro:

— Você disse que ela é uma rede? Você disse que ela é uma cilada? Ora, ora, ora...

Conteve uma risada e acrescentou:

— Quanto a mim, acho que a túnica não é senão um monstro!

Amazar o interrompeu:

— Devemos ter cuidado na escolha do qualificativo adequado, camaradas da verdade, antes de nos postarmos na praça para convencer as pessoas!

Ezer o apoiou:

— Amazar está certo. Devemos decidir com certeza, entre nós, se a túnica é um monstro, conforme diz Assan, ou uma sombra, ou uma rede, ou mesmo uma cilada adrede concebida, conforme postula Amazar. Sabem por quê?

Os dois companheiros buscaram esclarecimentos com sinais de ansiedade no rosto, então Ezer acrescentou:

— Porque os nomes são, para o intelecto, um poder que supera o poder dos gênios, meus camaradas da verdade!

Assan falou com um desgosto mais forte:

— Ouvi Edbanan, em sua resposta a um dos nossos companheiros, dizer que existe um único amuleto capaz, no mundo do deserto, de lavar o pecado da liderança, caso a liderança seja de fato um pecado, conforme alegam os adeptos da negação: esse amuleto é a liberdade!

Uma quietude se instaurou, depois Ezer interpelou:

— O que você quer dizer?

O corcunda Assan respondeu com voz perdida:

— Eu quero dizer que não devemos provocar com palavras os adeptos da certeza, se quisermos puxar o tapete sob os pés dos adversários!

Amazar estranhou:

— Com o que você pretende que nós convençamos as pessoas, se não quer que usemos as palavras? Ou será que pretende que empreguemos a língua dos gestos, como fazem os idiotas?

Ezer sorriu, enquanto Assan respondia com voz quase sumida por causa da rouquidão:

— Por que não empregar a língua dos gestos? Você acaso esqueceu o mandamento da Lei que diz que os sábios não devem confabular senão por gestos?

Ezer duvidou do mandamento, dizendo:

— Suponho que o mandamento determinou a conversação por símbolos, não por gestos!

Assan hesitou por um momento. Interpelou:

— Se não for um símbolo, então o que seria, na sua concepção, um gesto?

Ezer disse, enigmático, seguindo o azul na profundidade do céu:

— Não sei. Imagino que haja alguma diferença, embora não negue que exista certa proximidade!

Amazar lançou um riso de menosprezo, depois colocou um limite na discussão:

— Deixem as palavras para lá e apontem uma causa

nobre que derrote o argumento dos novos espertalhões, os quais dizem que o isolamento do Líder é uma necessidade, porque se não se isolasse seria negado até mesmo pelos próprios adeptos da certeza!

Ezer disse:

— Não acreditamos senão no que vemos e não temos fé senão no que se oculta; não seria essa a corrupção da nossa natureza? Não seria isso um paradoxo?

Assan bradou, tentando livrar a garganta de um desgosto:

— Eis aí você se alinhando, sem perceber, ao partido dos adeptos da certeza!

Ezer, porém, contrariou tal opinião:

— Na verdade eu percebo! Pois quem pretende vencer a disputa contra o adversário deve reconhecer a força do argumento dele, e também porque não concretizamos vitória alguma sobre o inimigo quando nos recusamos a admitir sua força!

Amazar disse:

— Devíamos manipular essa questão do boato.

Ezer disse do alto de seu céu azul:

— Não sei por que as pessoas consideram que a fusão de couro com couro é um prodígio!

Assan disse:

— O que atiçou a curiosidade das pessoas não foi a fusão de pele com pele, como você diz, mas a fusão haver estabelecido a prova sobre a natureza da túnica!

Amazar interrogou:

— O que você quer dizer?

Assan hesitou por instantes. Suas pupilas se esbugalharam mais ainda, saltando de sua prisão. Disse:

— Porventura o ocorrido não comprova a natureza da túnica, isto é, que ela é composta de peles humanas, e não de animais extintos, como afirmam os mensageiros do Líder, se de fato forem mensageiros de algum Líder?

Ezer se apoiou nos cotovelos e interrogou:

— E por acaso você algum dia duvidou de que a natureza da túnica é o fato de ela ser composta da pele dos pretendentes a ela?

Assan circulou o olhar entre ambos, perplexo. Amazar disse:

— A túnica é uma espécie de vestimenta. E a vestimenta, na Lei do deserto, deve ser a pele do homem, com a qual ele nasceu, como todo animal, e não uma pele emprestada de terceiros, uma vez que a nossa natureza é emprestada à natureza do nosso deserto. O pecado está em procurarmos roupas de estranhos para vestir, em vez da nossa pele!

Ezer gritou:

— Então isso significa que todas as roupas são pecado sobre pecado?

Amazar respondeu:

— Naturalmente. Na origem, as roupas são um sinal de pecado, pois nascemos nus para que a nossa pele seja uma vestimenta, assim como nascemos livres do ventre de nossa mãe!

Assan interrogou com assombro:

— Então isso significa que nós, com esta roupa, não somos livres?

Amazar respondeu com convicção:

— Com estas roupas, constituímos a pior espécie de escravos. Com estas roupas somos pecadores!

Ezer se intrometeu:

— Recusamos a túnica não somente por ela ser a maior das enormidades e a mais condenável das coisas, mas também porque não desejamos ser senão a túnica de nós mesmos!

O silêncio se instaurou. Assan voltou-se para seus símbolos traçados na terra. Ezer mergulhou na viagem ao profundo azul do céu. Amazar olhou para os raios do crepúsculo banhado em sangue. Os três, no entanto, fecharam-se em copas, num silêncio que, na Lei, sempre fora venerado. Assan murmurou, teimando com seus símbolos:

— Por acaso você está querendo dizer que todos nós somos pecadores porque deixamos de ficar nus?

Ninguém respondeu à pergunta, e Assan se sentiu envergonhado, pois violara a virgindade do silêncio. Violara um dos mandamentos da Lei. Cometera um delito por ter trocado a linguagem pela língua. Pecara tal como fazia pouco haviam pecado, junto com ele, seus dois companheiros, atendendo ao desejo da linguagem; então se afastou deles, tal como eles se afastaram dele. Porque a expressão com palavras é um pecado que não difere do pecado do silêncio se trocado pelo desnudar-se por meio da fala. Porque o silêncio é um adestramento da alma para a sabedoria, tal como a sabedoria é um adestramento da alma para a morte!

A PRESA

Assanai vivenciara esse pesadelo duas vezes: a primeira no período anterior à obtenção da túnica e a segunda após o comunicado do mensageiro determinando a retirada da túnica!

Não havia sido um pesadelo de sono, mas de vigília, o que é bem pior: um sentimento vago de perigo. Um sentimento mortal de solidão. Um sentimento tão misterioso quanto a morte atingindo-o em sua essência: um ser vazio, abandonado, solitário e perdido. O comércio não tivera êxito em se tornar para ele, nessa catástrofe, um consolo (talvez porque ele jamais tivera êxito em fazer uma autêntica transação), e a sorte não lhe concedera seu quinhão aos olhos das mulheres, para que se tornassem seus títeres; tampouco encontrara nas pessoas alguma veracidade que pudesse chamar de amizade. Sua ânsia de se encontrar com as pessoas não o fizera colher senão decepções, negativas e, inclusive, alguns tipos de cilada. Seu sono era sem sonhos e sua vigília, sem esperanças. Em toda a sua vida não vira senão um vazio gerando outro vazio, e depois conheceu a amargura de ser incapaz até de contemplar o dia ou sonhar à noite. Tamanha incapacidade transformou sua vida num pesadelo semelhante à morte, e então teve a certeza de que a morte não estava em morrer, e sim em perder a esperança. A morte é a incapacidade de sonhar. A morte é ignorar por que viemos, e não por que partimos. Será isso que as pessoas chamam de fracasso? Ou será esse sentimento uma doença que impõe a busca da cura?

Ele não nega ter cometido delitos, e até mesmo atrocidades, mas que criatura deste deserto já não cometeu um pecado ou perpetrou uma atrocidade? Ademais, ele não cometera tais delitos senão em defesa própria, e não perpetrara atrocidades senão empurrado pelo vazio de seu coração. Nos dias que sucederam a sua catástrofe comercial e precederam a venda de sua companheira na praça do mercado, apanhara a corda de folhas de palma e fora para os campos. Durante a caminhada, seu único sentimento era o arrojo. O arrojo em obter a salvação despertou nele um estranho sentimento de prazer. Um prazer que jamais conhecera. Um prazer que se alastrou por seu sangue e dominou, como um torpor, cada parte de seu corpo. Um prazer semelhante à embriaguez do amor. O prazer de marchar sobre dois pés, atravessando as trilhas cobertas de água, aspirando a aragem fresca do anoitecer misturada com odores de ervas e argila. O prazer da caminhada ao relento. O prazer do crepúsculo lançando no horizonte um feixe da cor do sangue. O prazer do deserto que cerca as muralhas em seus quatro cantos, exorbitando na sedução de sua nudez. O prazer da respiração fazendo a caixa do peito subir e descer. Um prazer cujo poderio se prolongava, buscando ardorosamente apoderar-se dele. Alcançou as florestas de palmeiras e olhou para cima. Eram delgadas, retas em sua arrogante jornada para o alto, os ramos carregados de tâmaras, ricas em quantidade, volumosas em tamanho. Soprou uma brisa leve vinda do norte, à qual as copas corresponderam com uma dança de acasalamento em que ele, sem saber o motivo, viu encanto. Viu nela um prazer desconhecido. Um prazer tão tirânico que dominava tudo quanto os olhos vissem ou o nariz cheirasse, ou o ouvido ouvisse, ou a mão tocasse, ou sussurrasse ao coração.

Caiu a seus pés uma tâmara cuja metade estava madura, ao passo que a outra metade conservava a cor amarela. Curvou-se e apanhou a tâmara. Examinou-a na palma da mão, sentindo como o prazer tirânico se transformava em outro sentimento que ele jamais conhecera. Um sentimento que imperiosamente seria felicidade ou aquilo que as pessoas chamam de felicidade. A dança de amor nas copas não era sem sentido nem desprovida de uma mensagem. A dança de acasalamento atirou-lhe um mandamento. O mandamento disse que a palmeira não dançava em resposta ao vento nem cantava por mero capricho, mas se sacudia para produzir uma dádiva. Dançava para proporcionar felicidade aos passantes. A lição das palmeiras lhe ensinou a generosidade, lhe ensinou a felicidade que não alcançamos se não a dermos e que não nos é dada se não renunciarmos a ela. Isso significa que a felicidade não é a fênix mitológica. Isso significa que ele só continuava vivo por haver se considerado entre os mortos. Isso significa que somente a morte pode salvar as pessoas da morte. A busca da morte é que dá a vida ao homem. Foi a morte que lhe dera o sentimento do prazer de viver num momento em que ele se vira num interstício próximo da morte. Naquele dia entendeu que não saberia se estava verdadeiramente vivo se não se encontrasse nas garras da morte. Jogou a corda de folhas de palma ao pé do tronco da palmeira, na escuridão daquela noite, e regressou para casa com a mão agarrando a tâmara dourada!

Todavia, a conservação daquele butim não durou muito, pois nenhuma criatura tinha sucesso em se apoderar de um tesouro e preservá-lo por muito tempo. Afundou no redemoinho do mundo em busca das ruínas desse mundo, e então deixou escapar o pássaro. O pássaro arisco fugiu por instinto, pois não ocorreu que ele houvesse gozado uma posição à qual estivesse associado um desejo. Quando o desejo desperta, vem a confusão, e quando vem a confusão dissipa-se o sentimento de prazer, dissipa-se o sentimento de prazer do mundo, mas não se dissipam os prazeres da vida. A transação o levou à ruína, e depois disso ele não conheceu senão o infortúnio, pois o deslize é a moeda dourada alternativa à moeda cunhada de ouro metálico, a fim de que não fosse condenado por ter sido levado a empenhar sua companheira, vendendo-a na praça do mercado. Sentiu efetivamente uma turvação, mas não deixou de se convencer a si mesmo com uma justificativa. Esqueceu o momento repleto de inspiração no qual desdenhara o seu propósito de enrolar a corda de folhas de palma em torno do próprio pescoço porque a palmeira lhe dera uma lição. Ei-lo agora considerando ridícula a sua posição naquele dia, por ter acreditado na existência da mentira chamada verdade, da mentira chamada redenção, da mentira chamada felicidade!

Até que chegou o dia em que o mensageiro surgiu portando no bolso a boa-nova, portando nessa boa-nova algo que lhe aprouvera chamar de presa. Por que lhe dera o nome de presa? Porque a túnica era a única artimanha que lhe tolhera os sentidos. Tolhera a doença para a qual não encontrara antídoto — para a qual, aliás, nem sequer encontrara um nome, que dizer então de um antídoto? Fala-se que tal espécie de doença fora a que dizimara as criaturas daquele tempo remoto, durante o qual o deserto era um bosque generoso e não, ainda, um deserto. Naquela época, tudo estava ao alcance das mãos, e as criaturas não careciam de esforço algum para obter tudo que desejassem, tudo que quisessem. Entretanto, as pessoas pereciam em estranhas mortes coletivas devido a semelhante fartura. Morriam de uma doença invisível que deixara perplexos os sacerdotes e levara ao fracasso droguistas e preparadores de mezinhas, até o dia em que as tribos foram visitadas pelo espertalhão chamado, nos mandamentos dos ancestrais, Wantahit, montado no dorso de um animal horrível de orelhas compridas, cara retangular e voz ainda mais horrível, que as nações herdaram com o nome de "mula". Foi essa criatura invisível, tornada referência para a aplicação de provérbios sobre a malandragem, que revelou aos homens o nome da doença, que não era outra senão a depressão!

Quando o povo o rodeou e o cercou de perguntas ansiosas para saber o remédio, ele afirmou que era a caça!

O povo não acreditou que a caça se transformasse num antídoto para a morte, mas o espertalhão recorreu à linguagem direta para esclarecer aquilo que era ocultado pela linguagem da metáfora, dizendo que o homem nascera caçador por instinto, e que não haveria sentido nenhum na existência do caçador se ele não encontrasse presas em sua viagem de caça, à qual os imbecis dão, equivocadamente, o nome alternativo de vida mundana. Pois esse enigma chamado ser humano não se satisfaz em sua viagem de caça, nem sente aquilo que os sacerdotes chamam de felicidade, se não transformar em presa tudo quanto lhe atravesse o caminho. Assim, o ofício — todo e qualquer ofício — que ele adotar será caça. A mulher, se ele a aprecia, é uma presa. A prole é uma presa. De igual modo, os companheiros não são senão presas. A prece é uma espécie de presa, pois o ser venerado tampouco deixa de ser uma presa!

Ele rememorou as instruções naquele tempo em que, posta em seu caminho, a túnica do Líder transformou tudo em presa e considerou que ela o salvou. Salvou-o porque o fez esquecer. Diante do buscador, a transformação do mundo em presa é o único antídoto para curar-se da doença da depressão. Da doença da indiferença. Da doença da angústia. E também da doença do desterro. Decerto, decerto. Ele compreendera ser uma criatura acorrentada ao desterro sem o saber. Seria a túnica igualmente um dos selos do desterro, conforme alegam os adeptos da solidão? O fato de ser uma mensagem do desterro não era nocivo à túnica, se acaso ela fosse um socorro contra semelhante desterro. Não fazia mal à túnica o fato de esconder em seu interior aquele espantalho que subtrai ao ser humano a sua humanidade, transformando-o num interior oco (conforme afirmam os idiotas), desde que ela seja o antídoto que nos acode contra o vazio. É suficiente, para maior glória da túnica, que ela dê aquela distinção que só ela dá neste deserto, distinção essa que consiste, nada mais nada menos, em nos tirar das fileiras dos veneradores e nos colocar na fileira dos venerados. Sim, sim. A túnica o tornara venerado depois de ter sido um venerador. A túnica lançara sobre ele uma aura mágica, e do dia para a noite ele se viu como um ser venerado. Não teve êxito em ocultar sua estrondosa gargalhada no momento em que descobrira esse fato. Os que alegam possuir sabedoria, os que não se entediam de papagaiar os mandamentos da Lei, condenam tal sentimento, tachando-o de mentiroso. Eles dizem que o perigo da túnica se esconde justamente nessa associação com o eu. E que ela, por esse motivo, não é apenas uma blasfêmia contra a Lei, mas também um pecado. Um pecado não apenas contra a Lei, mas também contra o Líder que a criou. Esse grupo chega a qualificar a túnica como uma invenção dos adeptos do Invisível, e nunca do Líder. Pois a mensagem da túnica seria a derrubada do edifício da Lei que o próprio Líder um dia legou, e o Líder não iria trair esse edifício mediante a criação de uma túnica que solaparia a autoridade da Lei no espírito do povo; o sinal disso é o mandamento da eternidade, que tem corrido de boca em boca por gerações, o qual diz: "Para o extraviado, não existe outro caminho que não seja recorrer à

Lei". E a esses espertalhões apetece acrescentar a esse mandamento da eternidade outro mandamento, emprestado não da Lei das gerações, mas da Lei deles próprios, que diz: "O mandamento afirma que a autoridade deve ser os mandamentos da Lei, e não um sucessor designado pelo Líder por meio de uma túnica remendada de pedaços de pele. Porque a presença do Líder está na presença da Lei, e a ausência do Líder está na ausência dos mandamentos da Lei". Tagarelam essa tolice e não se constrangem em acorrer até ele para mendigar a satisfação de suas necessidades!

Muitas vezes ele fizera tenção de golpeá-los com a sandália e cuspir-lhes no rosto, dizendo: "Se a Lei é o ente que vocês adoram, por que não recorrem a ele para lhes satisfazer as necessidades?!". Contudo, nunca chegou a agir assim. Não o fez porque não se esquecia do quanto eram miseráveis. Não se esquecia do quanto eram miseráveis por não haverem encontrado sua presa. Desprovido de caça, o ser humano se limita a recorrer à praça da Lei — e vocês por acaso sabem o que é a Lei? O ser humano age assim para enterrar o seu vazio nos mandamentos da Lei. Graças à túnica, ele também aprendera a perdoar. Sempre que encontrava um modo, perdoava os que o haviam prejudicado no passado. Não se punia a canalha senão em atendimento ao chamado da justiça. Perdoou-os apesar de saber que eles negariam o seu perdão, pois não poderiam pavonear-se de pertencer à comunidade do deserto se não fossem mestres na ingratidão. Ei-los agora disputando entre si para atender a esse chamado da ingratidão, mal a desgraça desabara sobre sua cabeça. A ingratidão começou tão logo chegou o mensageiro do Líder carregando o papel do interrogatório. Esqueceram que ele fora à casa deles, a pé, a fim de indagar-lhes sobre o que precisavam e satisfazer-lhes as necessidades. Esqueceram suas dádivas. Esqueceram direitos alegados que ele lhes concedera sem que a isso tivessem de fato direito. Esqueceram as dissensões que ele desfizera por meio de acordos consuetudinários. Esqueceram seu zelo de caminhar entre eles desacompanhado de patrulhas, de serviçais e de secretários não só para lhes provar seu pertencimento à comunidade do deserto, mas também para evidenciar a fé que tinha neles. Esqueceram como abrandara o grilhão dos impostos que pesava no pescoço deles e que liberara a maioria das pessoas das dívidas que ameaçavam lançá-las nas garras da escravidão. Esqueceram as benesses e prestaram falso testemunho na presença do mensageiro. O mensageiro não lhe dera detalhes desses falsos testemunhos, mas ele não tinha dúvidas de que a tirania estaria à testa daquelas acusações. Porque as pessoas, imperiosamente, agiriam assim por vingança. Imperiosamente lhe atirariam essa acusação para defender a si mesmas. Para recuperarem a autoconfiança. Autoconfiança essa abalada pela venda do orgulho delas em troca da satisfação de alguma necessidade. O sentimento de infâmia proveniente de uma negociação pela qual pagavam com humilhação, a fim de obterem uma mercadoria barata que não passava dos escombros deste mundo. Eles se recusam a atribuir a si mesmos esse pecado, tranquilizando o sentimento do erro mediante o apedrejamento do nomeado com acusações de tirania, ansiosos para que ele se torne, em suas convicções, uma oferenda sacrificial depois de ter sido, aos olhos deles, um carrasco. Assim são os súditos miseráveis, desde que, no deserto, o rebanho se dividiu entre súditos e pastores. Como então desta vez ele não lhes perdoa também tal fraqueza, tal como lhes perdoara, antes, a hipocrisia? Aliás, por que não os magnifica, recompensando-lhes a arrogância e o desejo de recuperar a dignidade perdida?

Hoje ele reconhece que seu amor pela túnica fora imenso. Amou-a não porque ela fosse uma autoridade ou um butim, mas por ser uma presa, a tal ponto que uma paralisia lhe atingira os sentidos assim que ouvira da boca do mensageiro a notícia da morte. Porque ele imaginou a si próprio uma presa, perdido, isolado e rechaçado, ele que sempre acreditara que a missão do caçador não era caçar quando saía em expedição, mas que a missão do caçador é perseguir. Porque o caçador não vive se não praticar a caça durante a expedição. O caçador morre de aflição quando tem sucesso na expedição, porque aqui a vitória é o anúncio do fim da expedição! Ele está igualmente ameaçado pelo rompimento da corda na expedição se renunciar à túnica em prol do mensageiro. Também não nega ter pensado numa artimanha para manter a túnica pelo maior tempo possível. Chegou inclusive a pensar numa artimanha para mantê-la perpetuamente sobre os ombros. Pensou não somente em artimanhas que lhe despertaram a vergonha, mas também em artimanhas que fariam qualquer corpo se arrepiar e cujo terror deixaria grisalho até mesmo um recém-nascido.

Pensou em perpetrar crimes tão horrendos que nem sequer se espantou quando, ao despertar do sono da sesta, verificou que a túnica se fundira à sua carne como se nela houvesse brotado espontaneamente. Não lhe era difícil compreender que o fato de ele ter-se fundido a ela era o segredo de ela ter-se fundido a ele. O feiticeiro não mentira ao lhe dizer que o homem, inexoravelmente, se torna uma parte de qualquer coisa que ame de maneira extremada. Pois o íntimo não se torna íntimo se não for um amigo íntimo. Se a túnica é uma autoridade, é porque se trata de uma roupa. Porque se associa à roupa em sua identidade enquanto pecado. Sim. A túnica é um pecado porque é um plágio detestável do papel daquele anônimo cujos nomes se multiplicaram, mas cuja realidade não se multiplicou. Ele não errara ao emprestar a carne de sua túnica para fundi-la à sua própria carne e delas fazer uma só peça. Porque ele, por sua própria natureza, recusa a divisão. Porque a condecoração que nos dá o direito de sair para caçar deve ser uma parte indivisível de nosso corpo, e não um pedaço de pele que se atira sobre os ombros para em seguida lhes ser subtraída. Esse é um sinal que nos deve penetrar, pois se trata da nossa verdade. Da nossa liberdade. Porque se trata, afinal, da vida, e não da sombra da vida que vivemos na ausência de caças e que imaginamos ser a própria vida!

Indagou-se, encostado à parede de sua casa (a qual ele não tornara diferente das casas do vulgo, na suposição de que, com tal modéstia, ganharia a confiança dos súditos): "Será que você se enganou, Assanai, ao matar o feiticeiro por sufocação? Errou ao se livrar do escravo? Será que você errou ao arrancar a língua da beldade, imaginando que, sem língua, o ser humano continua sendo humano? Não seria mais correto decepar a cabeça da víbora em vez de arrancar-lhe as presas? Então... Então, seria razoável ambicionar a preservação da paixão após ter extirpado a língua da paixão?". Expressou seu incômodo com um suspiro ardente. Agitou-se várias vezes, recostado à parede.

Aprumou-se e reconheceu: "Sufocar os outros ou arrancar-lhes a língua para preservar segredos não é somente um mero engano, não é somente um atentado contra a tradição, mas é também um pecado. Pois o que existe só existe para ser conhecido e não ocultado. Idiota é quem tenta fazê-lo retornar ao ventre do Invisível. Sim, você é um idiota, Assanai! Ei-lo aqui apresentando outra prova que demonstra o seu fracasso em tomar qualquer atitude correta, Assanai, não apenas neste dia, mas também em todos os dias da sua vida!". Examinou a túnica de couro fundida em seu couro. Acariciou-a com a palma da mão. Sua cor era companheira íntima da cor da pele do corpo. Como se fosse a casca longamente extraviada do corpo, desterrada por longo tempo até encontrar outra vez o caminho para a terra natal. Pois nada se espera de um membro que se desterrou de sua origem. Nada se espera de algo que perdeu o rincão natal. Por isso o desterro é pecado, apesar de um pecado que compra a liberdade. Aliás, o mais nobre gênero de liberdade é aquele comprado mediante o pecado. E eis agora a casca dando cabo da viagem do desterro, dando cabo do pecado da expatriação, dando cabo de sua liberdade para retornar e assimilar-se ao corpo, fundindo-se a ele não para torná-lo uma vestimenta, não para, a partir dele, criar um véu, mas para tornar-se, com ele, um único todo. Um único todo íntimo. Se os idiotas (e entre eles os mensageiros) supunham que o Líder concede a seus escolhidos uma túnica forjada com peles de extintos animais desérticos, eles se iludiram. O Líder não concede ao corpo de seu eleito senão túnicas feitas do corpo dos escolhidos, túnicas que se desterraram certo dia do corpo deles, e portanto lhes devolve, por meio das túnicas, o que um dia eles perderam no corpo de seus ancestrais que se desterraram. Faz reviver corpos que morreram devolvendo-os, por meio da túnica, como se fossem um despojo vivo. Devolve-a como uma presa viva. Toma emprestada aos corpos arruinados a pele que ele concede aos sucessores como um amuleto para remediar o vazio, para remediar a morte, para criar a vida.

É esse o couro que os mensageiros veem como uma túnica sagrada e os moradores do deserto como uma autoridade venerável. E na essência esse couro possui um desígnio bem maior que o de uma túnica sagrada ou o do poder da autoridade.

Essa peça misteriosa, escondida num rolo de couro, a qual o mensageiro procura esfolar de sua pele para retomá-la, tal como ela fora esfolada da pele de inúmeros ancestrais, assim aumentando o peso dessa dádiva e tornando a túnica mais grossa. Sim. Os sicários do mensageiro vão esfolar sua pele tal como uma rês é esfolada após o sacrifício, com a estranha diferença de que a rês não é esfolada senão após o sacrifício, ao passo que ele deverá suportar o esfolamento sem sacrifício! Sim, sim. O mensageiro retornará frustrado: Assanai não se constrangerá em recusar, alto e bom som, ser tocado. Ele sabia disso antecipadamente, tanto que só por desespero pediu ao mensageiro o adiamento da punição, talvez para ganhar um tempo que seria dedicado a procurar uma saída para o impasse, pois não tencionava oferecer voluntariamente, feito ovelha, seu pescoço ao carrasco, a fim de que o outro lhe passasse a lâmina. Aliás, seria mais fácil caso se tratasse efetivamente de uma questão de oferecer o pescoço, porque ele deveria submeter-se a uma punição cujas regras lhe impunham satisfazer-se com a remoção de sua pele, mas mantendo o pescoço, ao contrário da rês, a qual não se importa em ser esfolada, com a condição de que a sacrifiquem antes disso!

Ficou sem saber o que fazer; o sonho da vigília se transformou no pesadelo da vigília. Pulou e se pôs em pé. Saiu. Saiu sozinho, sem guardas, sem ajudantes, sem serviçais, e verificou o oásis envolto no escuro e no silêncio. Caminhou através dos becos poeirentos e sinuosos até chegar à porta de Tarja, mas ali desviou a rota para a direita rumo ao portal de Qadmos. No caminho que atravessava os campos, entregou-se às obsessões. Pensou que ele era a única pessoa a quem jamais passara pela cabeça desaprovar a morte, se bem que tampouco havia imaginado perder o corpo que herdara de seus ancestrais antes da morte, e não depois dela. Ao ser despojado de sua pele, o corpo sofre uma humilhação pior do que o esfolamento, pior do que a morte. Sim, pior do que a morte, pois se trata nada mais nada menos que de uma ação horrenda e, ademais, perversa a representada pelo esfolamento! Vêm capangas fortes, feitos do odioso metal ferro, para arrancar a pele de qualquer jeito. Fazem isso com violência, e para mitigar as dores às vezes empregam alguma artimanha elaborada por um desses espertalhões, muito embora tal artimanha não proteja o corpo de hemorragias. Justamente nessa hemorragia se esconde a desgraça. Sangrar tal como sangra uma rês, eis aí onde transparece a humilhação. Transparece a morte humilhante cuja feiura supera a morte real. Um ser que há pouco era humano, era autoridade, era uma liderança encarregada de uma missão, vê-se atirado ao chão feito uma besta, enquanto as facas dos capangas lhe percorrem o corpo. E se tais lâminas não forem facas, decerto não serão senão as próprias mãos dos capangas, as quais superam as lâminas das facas em força ou artimanha, ou crueldade. Esses capangas o cercam não para sufocá-lo de uma só vez, como deve ser, mas fingem estar cobrando uma dívida que longamente carregaram nos ombros, a qual diz que eles não querem, e jamais quiseram, tomar a vida de alguém, não quiseram eliminar ninguém com tal ação selvagem, e que vieram somente recuperar a propriedade deles. Vieram recuperá-la à força, por se tratar da única dádiva do deserto que não se retoma senão mediante o uso da violência. E se acaso houvesse sido recuperada voluntariamente uma única vez, perderia a essência, e deixaria de ser uma túnica!

Esse argumento, contudo, não atrai condolências para a vítima, porque a desgraça jamais esteve em morrer, e sim em sangrar como uma rês antes de emitir os últimos suspiros para morrer. E mesmo que os espertalhões alcancem êxito e encontrem um antídoto para a hemorragia, tal salvação ordinariamente não socorre contra a morte, tornando-se, ao contrário — e conforme os hábitos do deserto —, uma vida de infâmia mil vezes pior do que a morte!

Isso significa que o ritual de extrair da pele a pele tem por objetivo expressar humilhação antes de configurar a recuperação da dádiva, pois os mensageiros são exímios conhecedores da natureza dos homens do deserto, que preferem a morte à vida humilhada, conforme um antigo mandamento que diz: "Você pode me matar, mas não tem o direito de me humilhar!", ou ainda outro mandamento que diz: "Mate-me, com a condição de não cortar a minha cabeça nem barbarizar o meu cadáver!". Quanto à túnica na qual ele se refugiara à procura de segurança, ei-la agora desapontando-o e conduzindo-o a uma maldição pior do que a maldição de vender a companheira no mercado, e mais abjeta do que o pecado da vingança contra os inimigos. Podemos supor que isso é prepotência, ou seria então a vitória de uma missão chamada ser humano?

O CORPO

Não desejando ser surpreendido pelo mensageiro durante seu trajeto ao oásis, Assanai colocou vigias nos quatro pontos de entrada do lugar, malgrado sua certeza de que esse mensageiro não viria ao oásis senão pelo cume da montanha Hankaka, pendurada no ponto mais longínquo do céu. Desta vez, o mensageiro também não trairia sua missão, pois certo meio-dia um dos vigias se dirigiu a Assanai para informá-lo da chegada do mensageiro pelo caminho do cume. Ele encarou o vigia nos olhos por longo tempo antes de indagar se o mensageiro vinha sozinho ou acompanhado. O vigia respondeu:

— Vem acompanhado por três homens, meu amo, mas não posso assegurar que os três gigantes sejam camaradas dele!

Assanai examinou o vigia com curiosidade, como se o advertisse silenciosamente para não lhe esconder nada. Interpelou-o:

— Você disse que gigantes acompanham o mensageiro?

O vigia fez uma pausa antes de responder:

— No meio deles, o mensageiro parece um anão, meu amo!

Assanai grunhiu uma expressão vaga. Falou ao vigia como se falasse a si mesmo:

— A estatura deles é gigantesca, não é assim?

O vigia concordou com um gesto. Assanai acrescentou:

— E eles têm o corpo robusto, não é assim?

O vigia concordou, balançando a cabeça duas vezes, e Assanai esbravejou de novo na cara dele:

— E os olhos deles têm o semblante dos gênios, não é assim?

O vigia se calou. No entanto, fixou os olhos em seu senhor, perplexo, como se dele esperasse uma missão, e não um interrogatório. Em seguida, começou a tremer por causa de algum segredo ignorado, quiçá por uma dúvida em relação ao comportamento de seu amo, quiçá por medo da história sobre os gênios. Quanto a Assanai, ele desviou os olhos do rosto do vigia e fez um gesto para seus ajudantes, ordenando-lhes que preparassem as coisas para a recepção do mensageiro do Líder com toda a cerimônia e reverência que ele merecia. Depois os dispensou, chamando o secretário, com quem se reuniu a sós demoradamente, até por fim sair dali anunciando que decidira recepcionar pessoalmente o mensageiro. Os ajudantes lhe prepararam a montaria e ele saiu pelo portão de Tarja após o meio-dia, ao som dos cânticos das mulheres e acompanhado por uma caravana com muita gente:

ajudantes, vigias, serviçais e certo número de maiorais do oásis, além de um grupo de poetas.

O homem da túnica avançou junto com sua caravana o restante do dia, mas não gozou o privilégio de encontrar o mensageiro senão ao anoitecer. A escuridão, contudo, não impediu o emprego dos rituais de reverência. Assim, os poetas entoaram epopeias que se desfaziam em elogios ao Líder e encomiavam seus grandiosos mensageiros. Os oradores também expressaram seu júbilo com a honraria proporcionada pelo encontro com alguém que fora selecionado pelo destino para ser o mensageiro de Sua Alteza, o Líder. Logo chegou a vez dos maiorais, que tomaram emprestada a língua dos ancestrais para discorrer sobre o sentido de um oásis ou de uma tribo, para recepcionar um dos enviados do Líder. Disseram que semelhante evento sempre fora, na história do deserto, um ponto de inflexão na vida do oásis ou da tribo, e que o registro de hoje também se tornaria um marco em todas as histórias de vida.

Assanai calou toda essa baboseira com um sorriso irônico, que ele não se esforçou para ocultar, interrompendo os oradores com um gesto, e de um salto se pôs em pé para ficar a sós com o mensageiro.

Caminharam ambos calados através do vazio despido de ervas e coberto pela treva da noite. Passados alguns instantes, foram alcançados por dois dos gênios que tinham vindo com o mensageiro; eles, no entanto, evitaram aproximar-se dos dois, andando atrás deles à distância de alguns passos.

Assanai voltou-se na direção dos dois gênios várias vezes, exprimindo seu espanto ante aquela conduta, mas, como o mensageiro perseverou no silêncio, ele preferiu também desconsiderar o assunto.

Sorriu de modo obscuro antes de perguntar:

— Não sei como expressar ao meu amo a minha gratidão caso ele faça a gentileza de me responder a uma questão.

O mensageiro obtemperou com sua estranha voz infantil, semelhante às melodias de uma canção:

— A missão do mensageiro é responder às perguntas, e não lançar perguntas aos outros!

Assanai chutou com a sandália uma pedra no caminho. Contemplou o horizonte que morria por causa do avanço das trevas. Disse:

— Quantos pretendentes à túnica conseguiram sobreviver após os mensageiros lhes arrancarem do corpo a túnica do Líder?

O mensageiro entoou sua esquisita melodia:

— Herdamos dos mandamentos que os pretendentes sempre se dividiram em duas alas: a ala daqueles de quem a túnica foi tomada e morreram de hemorragia e a outra ala, a dos que, devolvida a túnica, morreram de tristeza!

Reinou um silêncio suspeito. O choque das sandálias com as pedras do caminho conspurcou o silêncio suspeito do deserto. O guloso silêncio do deserto, que engole a fala para transformá-la em vazio. Para transformá-la em nada. O silêncio suspeito do deserto traduz todas as coisas ao nada. Traduz todas as expressões em metáforas, tal como a nação do deserto traduz toda clareza em mistério.

Assanai perguntou:

— Se eu ousasse perguntar ao meu amo sobre qual dos dois grupos é mais nobre nessa provação, qual seria a resposta?

O mensageiro respondeu com a linguagem das melodias:

— Quem morre de tristeza por uma separação sempre tem desígnios mais nobres do que um pretendente que morre de hemorragia por causa de uma perda!

— Você quer dizer, meu amo, que a separação é mais nobre por ser um testemunho espiritual, enquanto a hemorragia é mais vil por ser uma comprovação corporal?

— Eu quis dizer que os que morreram no passado e os que morrem hoje e os que morrerão no futuro por causa da devolução da túnica foram divididos em duas alas, atendendo ao chamamento do seu talento. Assim, o grupo que morre de tristeza por separar-se da dádiva não encontra esse destino devido à aflição pela perda de uma benesse, mas morre, isso sim, de nostalgia pelo rompimento do liame que o prendia ao Líder. Eles morrem de tristeza por se separarem do Líder que concedeu a túnica, e não de tristeza por se separarem da túnica. Por isso, a túnica não se arranca do corpo deles, mas é retomada de suas mãos, ao contrário dos membros do segundo grupo, de cujo corpo ela é arrancada, e eles morrem de dor, não de tristeza!

Assanai prestou atenção no som dos passos dos dois gênios que os seguiam como sombra. Disse:

— Muito bem, meu amo, muito bem. O que eu queria saber era se já aconteceu, na história da túnica, algum prodígio graças ao qual o pretendente tenha sobrevivido após os auxiliares do Líder lhe haverem arrancado a túnica grudada à pele!

O mensageiro se calou por um momento. Calou-se como se houvesse compreendido que suas declarações eram baldadas, uma vez que o deserto só recebeu tal nome por apagar toda fala com seu silêncio, bem como por apagar todo vivente com sua imortalidade.

O mensageiro disse:

— Esse prodígio também aconteceu, tal como nos chegou através dos mandamentos, mas o espantoso na questão não está na ocorrência do prodígio, e sim no mistério de sua ocorrência!

Assanai pediu esclarecimentos sem esconder a ansiedade:

— Por acaso o nosso amo falou a respeito desse mistério?

— A minoria que escapou com vida após a túnica ser separada de seu corpo não escapou viva por amor à vida, mas por amor à túnica.

Assanai gritou:

— Amor pela túnica?

— Quero dizer que esse grupo diminuto escapou com vida na esperança de um dia recobrar a túnica, e não por desejar uma vida desprovida da túnica!

Assanai calou-se demoradamente, e o mensageiro fez o mesmo. O deserto também se calou, como se os ouvisse. Como se estivesse plenamente dedicado à preparação de uma artimanha mediante a qual controlaria a profecia.

Pois, uma após a outra, as gerações foram confirmando que toda e qualquer profecia não se extrai senão do ventre do deserto, tal como se extrai de seu interior todo e qualquer tesouro mundano. Pois a profecia não é mais do que um tesouro que se dissipou e perdeu a identidade herdada. Como também o tesouro não é mais do que uma profecia que tomou corpo após haver perdido sua identidade misteriosa.

Disse o mensageiro:

— Isso quer dizer que, nas convicções deles, a túnica não é uma túnica, e sim a própria vida!

Assanai repetiu, alheado:

— Sim. A túnica jamais foi uma túnica. A túnica sempre foi a própria vida, porque a vida não é senão uma presa!

O mensageiro esperou um átimo e observou:

— Espero que você faça parte do grupo da tristeza, e não do grupo da hemorragia!

Assanai não respondeu. Disse após alguns passos:

— Gostaria que o meu amo ouvisse uma narrativa.

— Narrativa?!

— Sim, uma narrativa que discorre sobre a verdade do corpo, dizendo que é a essa entidade constituída de carne, ossos e sangue que se deve todo mérito na construção de todas as outras entidades, sejam elas templos para a reza ou edifícios para a vida!

O mensageiro disse:

— Nunca ouvi essa história.

Assanai desconsiderou a frase e acrescentou:

— Conta-se que, certo dia, o Líder foi atingido por uma doença desconhecida para a qual os sacerdotes não encontraram antídoto. Isso aconteceu naquele tempo remoto no qual o Líder continuava ele próprio a zelar pelas coisas da tribo desértica e ainda não começara a atribuir tal encargo aos seus eleitos. Essa doença era bem semelhante à melancolia, malgrado não se tratasse de melancolia; também se disse que consistia numa espécie de tristeza, mas era uma doença cem vezes pior do que a tristeza. Insistentemente, os sábios o trataram por longo tempo, mas todos fracassaram em medicá-lo. Desanimados, verificaram em dada manhã, ao despertar, que o Líder desaparecera de todos os quadrantes da tribo. Desaparecera sem deixar rastro algum que permitisse localizá-lo ou ao menos um mandamento que lhes trouxesse alguma luz. Sentiram-se perdidos, mas, como o empenho deles em encontrá-lo não trouxe resultados, retornaram à tenda do Líder e ali construíram um mausoléu, que de início não consistiu senão num bloco de pedras de vários tamanhos, mas suficiente para que fossem até ele nos momentos de necessidade, nele se inspirando para as profecias. Com o passar dos dias e das sucessivas gerações, os sacerdotes julgaram que deviam transformar aquele monte de pedras num edifício, por gratidão às profecias do Líder, e conta-se em outro mandamento que eles fizeram isso em resposta a uma profecia recebida por inspiração do próprio dono do mausoléu. As mãos construíram um edifício honorável, composto das pedras mais nobres, a fim de que os sacerdotes também destinassem o local para a recitação de preces, após ter sido somente um lugar para a recepção de profecias. Talvez o espantoso tenha sido a transformação desse edifício no ponto de fixação de uma tribo que jamais conhecera senão a vida nômade, mas que com o passar do tempo e as sucessivas gerações se estabeleceu em torno do templo. Não demorou muito para que o edifício também se estendesse, e a tribo se viu então morando em casas feitas de pedra após ter vivido em tendas fabricadas com peles de gado. As construções se multiplicaram, as ruas se enfileiraram e as pessoas se reuniram em praças às quais deram o nome de mercados; não passou muito tempo, chegaram ao lugar caravanas de outras tribos com mercadorias vindas do desconhecido, e aquelas construções espalhadas, antipatizando com a denominação "mercados", tomaram emprestado para si outro nome, que continuamos a usar até hoje: oásis!

Assanai se calou e o mensageiro interpelou:

— O que você quer dizer com essa charada?

— Essa narrativa, meu amo, é um encômio para engrandecer o nosso amo, o Líder, cuja grandiosidade ensejou transformar até mesmo um rastro numa justificativa não só para a construção, mas também para a criação dos oásis. O que ocorrerá se o povo encontrar o esqueleto dele, que hoje menosprezamos, e vir que ele não passa de uma ruína dentro de outra ruína?

O mensageiro interrompeu o passo, e Assanai fez o mesmo. Ao se ver face a face com o dono da túnica, o mensageiro notou, sob a luz das estrelas, um brilho doloroso nos olhos dele. O mensageiro o interrogou, murmurando:

— O que você quer dizer?

As respirações se sucediam no peito de Assanai, mas ele não se virou para trás, a fim de evitar os dois gênios, cuja respiração ele sentia no cangote. Sussurrou ao ouvido do mensageiro:

— Não sou eu quem diz, meu amo; o mandamento das gerações é que diz, o corpo que humilhamos é o corpo que criou o mundo e injetou no deserto o enigma da vida, e não aquele outro enigma ao qual tanto agrada aos sacerdotes dar a misteriosa alcunha de espírito!

O mensageiro calou-se por algum tempo. Disse:

— Continuo incapaz de entender o que você quer dizer!

Assanai também expeliu suspiros de impotência. Disse:

— Eu gostaria que o meu amo não imaginasse que estou implorando piedade, mas profanar este corpo constitui um desrespeito aos direitos do Líder e, além do mais, um menosprezo aos servos do Líder!

Nesse momento o mensageiro gritou:

— Não suponho que você queira que eu faça o caminho de volta para ir lhe buscar o perdão de Sua Alteza, o Líder, o qual jamais expediu algo assim duas vezes para qualquer criatura que fosse!

Assanai disse:

— Não sei qual é a obrigação do meu amo, mas não quero que o meu corpo seja exposto à destruição enquanto ainda estou vivo!

O mensageiro disse após um silêncio:

— Se você amasse o Líder mais do que a dádiva do Líder, deixaria de lado os horrores da devolução e se tornaria um dos homens da tristeza, em vez de um dos homens da hemorragia!

— Como eu poderia saber que o amor pela túnica não tem relação nenhuma com o amor pelo Líder!?

— Aliás, o amor pela túnica é uma alternativa ao amor pelo Líder!

Assanai voltou a soltar suspiros excitados. O mensageiro acrescentou:

— O amor pela túnica não é somente uma negação do amor pelo Líder, mas também uma negação à realidade do Líder!

No entanto, Assanai se inclinou em direção ao mensageiro até quase chifrá-lo com seu turbante e, em seguida, lhe expeliu na face suspiros semelhantes a silvos. Depois disse:

— O que eu igualmente quis dizer é que consideramos os cemitérios que se espalham por este deserto como meras pilhas de pedras que contêm esqueletos, ignorando que essas pilhas de pedras não são meros sepulcros de ancestrais mortos, mas também templos que contêm todo o mundo do deserto: seus homens e seus gênios, seu gado e suas ervas, sua bonança e sua esterilidade, com suas estepes e locais assombrados, com sua dureza e sua piedade, com sua impureza e sua sacralidade, com sua sabedoria e sua loucura, com sua transitoriedade e sua eternidade!

Calou-se, mas os silvos de sua respiração aumentaram. Gaguejou:

— O túmulo não é um túmulo, meu amo, só porque contém um corpo extinto, mas o túmulo somos nós, o túmulo é o nosso deserto em tamanho reduzido. Sabe por quê?

Sem esperar resposta à pergunta, Assanai acrescentou num tom de quem fora atingido por um ataque de emoção:

— Porque o túmulo abriga um talismã cujo nome é ser humano, mesmo que tal ser humano não passe de ossos arruinados. E o talismã, meu amo, é aquele sinal que contém tudo e não é contido por nada!

Assanai silenciou tão logo se viu cercado pelos dois gigantes forjados com o metal chamado ferro. Não se entregou, todavia. Com voz sufocada, vociferou na cara do mensageiro:

— Se você não pretende me explicar nada, peço que ordene a minha sufocação antes de ordenar que a minha pele seja arrancada!

O mensageiro deu um passo para trás, mais outro, depois respondeu:

— Minha missão é recuperar a túnica, e não matar por sufocação!

Assanai fez menção de ir no encalço do mensageiro, mas se viu confrontado por um dos capangas.

A NEGOCIAÇÃO

O oásis aguardara a cerimônia de devolução da túnica com impaciência desde que o dono da túnica lá aparecera acompanhado da delegação do Líder: as pessoas se acotovelaram nas praças, os curiosos acorreram às ruas e as casas ficaram vazias até mesmo de mulheres, crianças e velhos. Todos saíram naquele dia a fim de presenciar o terrível ritual que poria termo a uma era e lançaria a pedra fundamental de outra era. A gana por assistir ao evento que expressaria a modificação superou toda e qualquer concepção, chegando a ponto de levar estrangeiros, mercadores e nômades às muralhas do oásis. Todos vieram presenciar o evento que seria narrado por gerações e gerações e cujos pormenores conheceriam seu caminho para as epopeias dos poetas e os alfanjes dos cavaleiros do canto, pois se tratava do único evento que não se repetia senão uma vez através das gerações, e talvez não se repetisse nem mesmo por muitas gerações.

A multidão esperou no interior das muralhas a noite inteira, e o oásis, comprimido de tanta aglomeração, também cuspiu muita gente para fora das muralhas. Contudo, a cerimônia do talião não se iniciou até o amanhecer do dia seguinte por obra de algum mistério que ninguém conhecia. As pessoas se alvoroçaram, as vozes se alçaram em expressões de protesto, mas a esperança de testemunhar a monstruosa cerimônia histórica sufocou as reclamações nos peitos e matou nas línguas as manifestações de incômodo.

A todo instante, passava pela multidão uma criatura que, alegando ser encarregado do mensageiro do rei, subia nos ombros da multidão para acalmar as pessoas quanto à aproximação do horário do compromisso que todo mundo tanto esperava e em seguida desaparecia murmurando mandamentos que davam livre curso ao obscuro enigma chamado paciência. Então, àqueles seres humanos não restava senão o consolo de resolver os segredos de tais enigmas ou matar o tempo em competições poéticas, ou, ainda, reviver jornadas heroicas de antanho. Porque todos tinham certeza de que o comparecimento à cerimônia daquele talião consistia numa oferenda mediante a qual se comprava a degradação das necessidades, compensando os prejuízos do comércio e a dilapidação das riquezas, pois a cerimônia é a prece que não se recita senão uma única vez.

Naquele momento, o banquete preparado por Assanai para reverenciar o excelso hóspede já se transformara, de um banquete em honra a um hóspede, num banquete feito com o hóspede! Esse espertalhão não teria sido capaz de perpetrar tamanho prodígio contra o enviado do Líder se acaso não tivesse preparado sua armadilha antes de sair para recepcionar o mensageiro no sopé da montanha

Hankaka. Tampouco teria sido capaz de agarrar o mensageiro se não tivesse tirado do caminho seus três capangas, os quais ele levou à morte por meio dos venenos de efeito mais potente encontráveis no deserto logo nas primeiras horas do início do banquete, conforme se conta. Quanto ao mensageiro mesmo, ele o pôs a ferros antes de submetê-lo a um longo e humilhante ritual de interrogatório. Um dos serviçais contou, após o ocorrido, detalhes dessa terrível noite, afirmando que o seu patrão deixara o hóspede acorrentado por longo tempo, como qualquer desprezível prisioneiro de guerra, até finalmente encará-lo para atirar-lhe na cara a seguinte pergunta:

— Se vocês pretendem retomar esta pele que desonestamente chamam de túnica de punição dos canalhas, por que a concedem aos canalhas?

O que confirma essa narrativa é que a coragem não abandonou o mensageiro, uma vez que ele respondeu:

— Porque a túnica não foi criada para ser concedida aos nobres, e sim para ser concedida aos canalhas!

Assanai gritou-lhe na cara:

— Se o que você está dizendo é verdade, então esta túnica não é senão uma ninharia para aliciar os tolos e uma trapaça contra o povo do deserto!

O mensageiro respondeu:

— O Líder considera que a túnica é uma necessidade para que se estabeleça a quietude no deserto.

O dono da túnica estranhou:

— Pelo contrário, é para que se estabeleça a balbúrdia e não a quietude, porque os tempos comprovaram que a estabilidade das almas não se abalou senão no dia em que vocês vieram ter às miseráveis nações desérticas portando esta dádiva maldita!

O prisioneiro calou-se por instantes, depois respondeu:

— O Líder não lhes concedeu sua dádiva até que as pessoas se enfiassem numa garrafa!

— O que você quer dizer com essa expressão maligna?

— Eu quis dizer que a reunião do homem com seu irmão homem é um perigo que impõe a presença de uma terceira parte para dissolver o conflito que fatalmente irromperá entre esses dois, e a túnica é essa terceira parte.

Assanai soltou um riso de escárnio. Disse:

— Não tente me convencer com a fábula das boas intenções, pois essa terceira parte sobre cuja necessidade para dissolver um hipotético conflito você matraqueia, ou, melhor dizendo, um alegado conflito, não é senão uma arapuca para escravizar a cerviz, e não para libertá-la.

O pobre prisioneiro, entretanto, não se rendeu e perguntou a seu algoz com espírito desafiador:

— Responda-me uma pergunta: a Lei é necessidade ou charlatanismo?

— A Lei jamais foi charlatanismo, mas a sua infame túnica é que tornou a Lei um charlatanismo! Sabe por quê? Porque a Lei não foi criada por um Líder por trás de seu véu, e sim a nossa mãe, o deserto, é que criou a Lei, que nunca decepcionou aqueles que não a traíram!

Assanai calou-se, ofegante. Acrescentou:

— A túnica é um crime contra a Lei!

Nesse momento, em tom de condenação, o mensageiro mergulhou na leitura de um amuleto, e o dono da túnica acrescentou:

— Aliás, a túnica é um crime premeditado contra o miserável povo do deserto, porque o tempo evidenciou que a sua criação talvez teria sido mais adequada para as gentes do Invisível, e, de qualquer modo, o certo é que ela foi uma desgraça na vida do povo do deserto! Sabe por quê? Porque ela é uma arapuca diante de um tesouro ao qual o povo deste nobre deserto jamais poderia renunciar. Você sabe qual é esse tesouro, ó mensageiro da falsidade, que considera a túnica o mais importante dos tesouros? Esse tesouro é a liberdade, ó mensageiro da falsidade!

Calou-se, ofegante, mas logo acrescentou:

— O imperdoável nessa inovação é a sua verdade enquanto armadilha contra a verdadeira venerada, que jamais deixou de ser, na Lei do deserto, a liberdade, em oposição a um assombroso venerado que nunca foi ouvido por nenhum ouvido nem visto por nenhum olhar, nem pensado por nenhum homem, mas que, não obstante, soube como colocar a seu serviço mensageiros mentirosos como você para que venham até nós confundir nosso coração com túnicas que aparentam ser coroas, mas que escondem em seu interior um veneno fulminante!

Em vão, o mensageiro tentou se livrar dos grilhões e, ao fracassar, tentou dar livre curso à sua língua, mas Assanai o interrompeu com um sinal severo dizendo:

— Eu lhe fiz uma proposta sedutora no sopé do monte Hankaka, que consistia em me sufocar antes de começar a arrancar a pele da minha pele, mas você a desdenhou, apoiado em seus miseráveis capangas. Agora eu anuncio a retirada dessa proposta e a troca por outra, ou pelo menos por outra negociação, que servirá como única maneira de livrá-lo dos grilhões. Você aceita?

Lançou um olhar ao prisioneiro, os olhos avermelhados de tanta vigília, confusão e loucura. O prisioneiro falou num tom que perdera sua derradeira tonalidade melódica:

— Não tenho como aceitar ou recusar antes de ouvir o conteúdo da proposta.

Assanai o encarou longamente com seus olhos enlouquecidos. Vociferou com uma voz detestável:

— Que você renuncie à sua missão e confesse, na sua suposta condição de mensageiro, que você jamais foi senão um homem da falsidade, se de fato estiver disposto a recobrar a liberdade.

Brilhou nos olhos do mensageiro um sinal de dor. Falou com uma voz definitivamente despida do tom melódico:

— Como poderei negar a missão, se ela é o segredo da minha existência?

Assanai o ameaçou:

— Você pode recitar essa besteira para os tolos que se aglomeram lá fora à espera do talião a ser aplicado pelo alegado Líder, mas aqui só o que poderá salvá-lo do meu talião é a negação!

A dor se assenhoreou da fisionomia do mensageiro, mas isso não durou senão instantes. A dor se dissipou e em seus olhos se instalaram traços de quietude. Disse, com um sotaque que recuperava um pouco da doçura da voz anterior:

— Quem dera eu pudesse!

Assanai rosnou:

— Eu lhe recomendo que tome cuidado e se lembre de que não existe perda comparável à perda da própria vida!

— É verdade. Não existe perda comparável à perda da própria vida nem perdição da vida igual à traição da missão da vida!

— Esta conversa serve para transviar os idiotas lá fora, mas pense que você não está obrigado a atirar areia nos olhos deles agora, assim como o Líder adverte contra atirar a si próprio na aniquilação, conforme se afirma em alguns mandamentos!

Desta vez, o prisioneiro repetiu com ênfase:

— Não posso!

— É a sua última palavra?

O prisioneiro fez sinal de positivo, enquanto Assanai dizia:

— Aflige-me que você perca esta negociação!

Fez um gesto para seus ajudantes, que se lançaram sobre o prisioneiro, olhos fixos em seu amo enquanto o agarravam como se fosse um saco de palha. Assanai se levantou célere e ordenou que o seguissem levando o prisioneiro.

O dono da túnica se mostrou ao povo no escuro da noite seguinte. Observou-os da varanda de sua casa, no segundo andar. Aguardou agitações, mas não ouviu senão o silêncio.

Fez uma pausa antes de discursar para o povo:

— Sei que esperavam me ver entre vocês como uma oferenda, e me perdoem se acaso decepcionei as suas expectativas, assim como decepcionei agora há pouco o mensageiro, quando descobri que ele jamais foi mensageiro, mas sim, e desde sempre, um charlatão!

Murmúrios suspeitos circularam entre a multidão, mas desapareceram assim que Assanai acrescentou:

— Essa desgraçada criatura me confessou há pouco que não veio como enviado de um Líder, pois nunca em sua vida viu o Líder e tampouco em sua vida teve a sorte de estar diante do Líder. Ele também confessou que se limitava a receber os comunicados de outro mensageiro cuja lealdade era suspeita, pois nunca foi mais do que um dos espectros da gente do Invisível, e não da gente do Visível! O que vocês supõem que eu farei com esse charlatão?

Nessa hora, em um dos cantos elevaram-se gritos de condenação, adotados por outras gargantas e repetidos por vozes ainda mais altas. A infecção se transmitiu para a multidão aglomerada, que se excitou com os apupos. Mas Assanai, conhecedor do segredo das massas, não desistiu:

— Se estão duvidando, por que não se perguntam a si mesmos antes que eu lhes faça a pergunta que deve ser feita: "Quem dentre vocês já viu o Líder algum dia? Aliás, qual de nós viu o Líder em qualquer dia que seja?!". O que agora eu quero de vocês é a escolha de homens inteligentes para representá-los num conselho cuja missão será elucidar a verdade a respeito desse pesadelo que tem sufocado não só este oásis, mas também todo o deserto há gerações e gerações. Vocês verão que o Líder não é mais que um mito sem base nem verdade, inventado por aqueles miseráveis que adotaram para si o nome de mensageiros!

As praças se agitaram numa gritaria de aprovação, e Assanai novamente aproveitou a oportunidade e desapareceu da varanda. Com ele também desapareceram os ajudantes carregando o visitante, que algaraviou expressões vagas nas quais a voz o traiu e depois fez um esforço desesperado para se livrar dos grilhões.

Lá fora um diletante qualquer, desses atingidos pela doença da possessão, ofereceu-se para comandar o conselho. Subiu nos ombros de um ajuntamento de homens fortes e começou a declamar o nome de maiorais (ou de pessoas que ele julgava serem maiorais) em voz alta. A pessoa cujo nome se mencionava deveria atender ao chamado, saindo da multidão e alçando-se ao trono de pedra do mercado ligado ao muro, onde os comerciantes habitualmente vendiam e compravam escravas e escravos em leilão. Muitos atenderam a tal chamado, mas o número final acordado pelos presentes não passou de seis homens ajuizados, em cuja vanguarda caminhou o Sacerdote Assarof; o maioral dos mercadores, Assof; o corcunda Assan; e dois outros amigos íntimos, Amazar e Ezer. Quanto a Edbanan, o adepto da solidão, ele apresentou um pretexto para não participar do grupo, afirmando que a verdade é livre por natureza, mas que não demora a se exilar de onde se formem conselhos para discuti-la. Essa retirada provocou uma tempestade de discussões no grosso da multidão aglomerada, por causa da divergência sobre a escolha de um substituto para o sábio Edbanan. Tais discussões não conduziram a resultado algum, até a intromissão de um sujeito que recomendou (após um longo discurso encomiando os estrangeiros por carregarem a boa-nova em seus mantos) que a escolha recaísse sobre o primeiro estrangeiro a chegar ao oásis antes do anoitecer, a fim de que se tornasse o sexto membro do conselho.

Conta-se que, mal esse intrometido terminara sua frase, despontou no horizonte um estrangeiro montado numa cavalgadura suspeita, que o oásis nunca vira igual. O estranho parou sua esquisita montaria na entrada do oásis e em seguida atravessou o portal de Qadmos, adentrando a praça pelo lado oeste, enrolado em preto da cabeça aos pés, e a multidão não fez senão se encolher para lhe dar passagem, dividindo-se em duas partes num piscar de olhos, e o estrangeiro avançou não na direção da marquise, onde o esperavam os membros do conselho, mas na direção da casa do dono da túnica, onde se decidira que o conselho se reuniria!

O INTERROGATÓRIO

Antes que o conselho se reunisse em sua casa, Assanai fez, por meio da língua do arauto, um chamado, dizendo: "Aquele dentre vocês que algum dia tiver visto o Líder, que venha a este conselho apoiado em provas!".

O conselho se reuniu na casa. Recostados à parede, os maiorais sentaram-se em colchas de tecidos coloridos cobertas por generosos pedaços de tapetes de couro. No canto oposto foi deitado o prisioneiro, insignificante, magro, pálido e desesperado, depois de fustigado pela sede, fadiga e fome. À sua cabeceira instalou-se um vigia. À porta também se postou outro vigia, e vários ajudantes se espalharam por ali. Nesse momento, o prisioneiro soltou um gemido doloroso enquanto olhava para um dos membros do conselho. Nem os homens ajuizados nem Assanai entenderam o obscuro mistério que brilhou na pupila do mensageiro enquanto ele olhava para o sábio estrangeiro enrolado em véus negros. O olhar de Assanai percorreu os dois homens por instantes e em seguida ele lançou a primeira pergunta da epopeia do interrogatório:

— Confesse, na presença deste conselho, que você jamais viu o Líder!

Um silêncio tenso predominou antes de o prisioneiro responder:

— Para conhecer a verdade do Líder não tenho necessidade de ver o Líder!

Assanai o ameaçou com o dedo indicador:

— Quero chamar a sua atenção para o fato de que o tempo das baboseiras já acabou e que sua única obrigação é aprender a falar a língua que nós entendemos, se quiser salvar-se das acusações que lhe são imputadas.

O prisioneiro acrescentou, como se não tivesse ouvido a ameaça de seu carrasco:

— Não enxergam com os olhos senão os cegos!

Assanai soltou uma risada ameaçadora e vociferou, irônico:

— Ouviram? Eu não lhes disse que ele é um tratante? Isso significa que todos nós deste conselho somos um bando de cegos. Sua resposta é uma clara confissão de que você não viu o Líder...

O mensageiro interrompeu-o:

— Ao contrário, eu o vi como jamais ninguém neste deserto o viu. E, como você não se convence senão mediante os sentidos, então eu digo que o vi com os meus sentidos também.

— Você o viu com os sentidos?

Assanai condenou, depois acrescentou:

— Com qual sentido você viu o Líder?

O prisioneiro respondeu com uma voz semelhante ao murmúrio:

— Eu o vi com o coração!

O silêncio se impôs. Assanai trocou um olhar significativo com os membros do conselho. Voltou a encarar o prisioneiro. Perguntou:

— Tem certeza de que o viu com o coração?

O mensageiro gaguejou:

— Sim.

Assanai pôs-se a observar o mensageiro com uma curiosidade invasiva, em seguida o interpelou:

— Como lhe pareceu o Líder, quando você o viu com o sentido ao qual dá o nome de coração?

Hesitante, o prisioneiro fechou os olhos tão longamente que todos o imaginaram cochilando. Em seguida entoou:

— Nada se parece com ele!

O lugar foi dominado por um silêncio grandioso. Assanai trocou um olhar com os maiorais, depois se voltou para o prisioneiro, indagando:

— O que significa "Nada se parece com ele"?

O prisioneiro respondeu com o mesmo tom melódico:

— Nada se parece com ele significa que nada se parece com ele!

Assanai argumentou:

— Não existe neste deserto nada que não se pareça com algo!

O prisioneiro respondeu com insistência infantil:

— Mas o Líder que eu vi não se parece com nada!

— Você pretende nos convencer de que ele próprio depunha nas suas mãos a túnica para que você a entregasse aos seus escolhidos no deserto?

O prisioneiro hesitou. Reconheceu afinal:

— O Líder não tem necessidade de colocar ele mesmo a túnica nas minhas mãos!

— O que você quer dizer?

O prisioneiro hesitou. O carrasco acrescentou:

— Você quer dizer que o Líder emprega ajudantes tal como eu emprego estes ajudantes?

O prisioneiro calou-se, os olhos fechados, talvez por dor, talvez à procura de uma resposta. Contudo, o carrasco não lhe deu trégua:

— Você quer dizer que ele lhe entregava a túnica pelas mãos de intermediários que poderíamos chamar de mensageiros ou talvez pelas mãos de espectros relacionados com a raça dos gênios?!

O sábio estrangeiro soltou uma risada detestável que espantou todos os membros do conselho, ao passo que o prisioneiro respondeu a ela com uma agitação tão violenta quanto um ataque de emoções, tentando erguer o corpo com os braços. Disse, trêmulo:

— Agora você pode rir de boca cheia, pois ganhou a aposta que sempre perdeu!

O olhar de Assanai circulou entre ambos, perplexo. Uma murmuração se iniciou no conselho. O carrasco interpelou:

— Acaso existe alguma rivalidade entre você e esse estrangeiro?

O mensageiro espumou enquanto gaguejava e tremia:

— Sim! Essa criatura não me perdoou por um dia eu ter recusado uma negociata que ele me ofereceu, mediante a qual ele colocaria os tesouros do deserto à minha disposição desde que eu o seguisse!

Assanai gritou, espantado:

— Segui-lo? Para onde ele queria que você o seguisse?

O prisioneiro prorrompeu numa emoção tamanha que ameaçou libertá-lo das algemas:

— Ele quis que eu o seguisse para as suas residências. Quis que eu o seguisse para os seus mercados. Quis que eu o seguisse para o seu comércio. Quis que eu o seguisse para as suas fornalhas. Quis que eu o seguisse para o mundo de vocês, após eu renunciar à missão que me foi ordenada pelo Líder!

Assanai estrondeou numa risada sarcástica antes de rosnar:

— Você atribui a essa criatura características que servem para descrever o infame Wantahit!

O prisioneiro berrou:

— E quem vocês imaginam que seja essa criatura, senão ele mesmo, Wantahit, maldito seja?

O lugar balançou com gargalhadas estrepitosas. Todos riram, inclusive a própria criatura estrangeira. Todos riram muito alto, inclusive o prisioneiro. Assanai limpou as lágrimas antes de impor um limite às gargalhadas, as quais eram proibidas pela Lei e condenadas pelos mandamentos:

— É imperioso que ofereçamos um sacrifício por meio do qual nos expiemos do mal das lágrimas que deixamos correr com as risadas!

E logo acrescentou:

— Agora não resta senão recorrer à decisão que vai enterrar a sedição e impor um limite a esta pilhéria que já durou demais! Alguém de vocês duvida que fomos vítimas de falsidade no decorrer de todos esses anos, depois do que ouviram aqui?

Os maiorais murmuraram, as vozes da discussão se elevaram, mas o lugar-tenente para os destinos do povo intrometeu-se para resolver a questão:

— Dentre vocês, quem vir a necessidade do talião que me estenda a mão!

Naquele momento, um dos vigias se aproximou do dono da túnica. Inclinou-se sobre a cabeça de seu amo e disse:

— O adepto da solidão aguarda permissão para entrar, meu amo!

Assanai se espantou:

— O adepto da solidão?

— Sim, meu amo. É um homem que afirma ser adepto da solidão e ter vindo em atendimento ao pedido do arauto, meu amo.

Na fisionomia do lugar-tenente para os destinos do povo transpareceu o alerta. Disse:

— Traga-o até mim!

O conselho aguardou o recém-chegado com impaciência. Um clima soturno se impôs antes da entrada do visitante, que parou à porta, em dúvida, mas logo deu dois passos em direção ao dono da casa e estacou. O Sacerdote Assarof gritou, no final da fileira dos maiorais:

— Edbanan!

O dono da casa repetiu:

— Você disse Edbanan?

Voltou-se para o visitante, acrescentando:

— Não foi você quem recusou ser membro deste conselho?

Edbanan permaneceu ereto diante do grupo de maiorais, com sua débil estatura, perplexo. Escondeu as mãos magras atrás das costas e respondeu:

— Se eu tivesse aceitado ser membro do conselho, não poderia colocar-me diante dele como testemunha para relatar o que presenciei!

Assanai falou em tom de reprovação:

— Prestar verdadeiro ou falso testemunho?

— Claro que um testemunho verdadeiro!

— Você jura, pela Lei dos ancestrais, já ter visto o Líder?

Edbanan respondeu com convicção:

— Juro!

— Muito bem. Como pode assegurar já ter visto o Líder se o próprio companheiro do Líder confessa que não o viu com os olhos?

O olhar de Edbanan circulou entre os maiorais, fixando-se por instantes no sábio estrangeiro. Deu um sorriso enigmático e respondeu:

— É possível que o Líder se oculte ao companheiro e se deixe ver pelo amado!

— Pelo amado? Hahaha!

Assanai engoliu seu riso vazio e se voltou para o grupo dos maiorais:

— Ouviram só o que diz este homem? Ele alega ser amado pelo Líder!

Tornou a voltar-se para Edbanan, ereto diante dele. Perguntou:

— Você pertence aos adeptos do afastamento?

Edbanan respondeu com inocência:

— Pelo contrário, sou dos adeptos do contato, e não do afastamento!

Assanai gargalhou nervosamente mais uma vez. Indagou no mesmo tom sarcástico:

— Será possível que você pertença aos adeptos do Invisível?

Edbanan respondeu com espírito infantil:

— Pertenço aos adeptos da solidão, e não aos adeptos do Invisível!

— Você confirma ter verdadeiramente visto o Líder?

— Já jurei.

— Quero dizer: você o viu tal como me vê agora ou o viu mediante uma fábula do coração?

Edbanan sorriu com amargura. Respondeu:

— Eu o vi em espírito e corpo!

Assanai o encarou com um olhar de dúvida. Suas pupilas ficaram mais dilatadas, vermelhas e insanas. Gemeu:

— Seria possível você ter visto um gênio ou um desses espectros de pesadelo?

Edbanan respondeu com convicção:

— De modo algum!

— Porventura não se diz que o adepto da solidão vê o que não se vê e ouve o que não se ouve?

Edbanan não respondeu. Assanai acrescentou:

— Como se parece o Líder corporificado?

Nesse ponto, o olhar de Edbanan saltou para o alto. Respondeu:

— Essa é uma pergunta a que não consigo responder!

Os maiorais murmuraram. Assanai perguntou:

— Você presta um testemunho, mas se recusa a me responder a uma pergunta atinente à essência desse testemunho?

— Presto o testemunho conforme a convocação que correu pela língua do arauto, e tal convocação nada mencionava sobre a descrição do Líder!

— Mas a convocação estabelecia como condição a existência de uma prova!

— Só pede a prova quem perdeu o argumento!

Os maiorais murmuraram novamente. A insanidade ganhou mais espaço no olhar de Assanai. Gritou:

— Você veio nos ridicularizar?

Edbanan respondeu com frieza:

— Ao contrário, vim provar-lhes que é risível procurarmos uma prova para a verdade!

Os membros do conselho retomaram a discussão. Assanai gritou:

— Pelo contrário, não existe confissão da verdade sem provas!

— Confessar a verdade mediante provas é o pecado do ser humano!

Edbanan sorriu com tristeza, enquanto Assanai se voltava para os membros do conselho, dizendo:

— Presumo que é chegada a hora de expulsar este espectro que tenta nos convencer da existência de uma verdade sem provas!

Assarof se intrometeu, posicionado na ponta do conselho:

— Devagar, meu amo, devagar. Presumo que Edbanan quis dizer que a verdade...

Edbanan o interrompeu:

— Eu quis dizer com a maior clareza que a verdade não se rende às provas porque ela está fora da língua!

Assanai reprovou-o:

— Fora da língua? Não existe nada fora da língua. Aquilo de que a língua não fala não existe em lugar algum!

E, com um gesto para seus ajudantes, os vigias acorreram em sua direção. Gritou:

— Joguem este espectro no porão, que estudarei seu caso depois de concluir o caso do trapaceiro instalado ali no canto!

Os vigias cercaram Edbanan a fim de arrastá-lo para o porão, enquanto Assanai se voltava para os membros do fórum, dizendo:

— Eu dizia, antes de o espectro invadir o nosso conselho, que o estabelecimento do talião é imperativo e que quem concordar comigo deve me conceder a mão erguida para o alto!

Os membros do fórum trocaram olhares. O corcunda Assan se inquietou, incomodado, antes de anunciar:

— Suponho que o enviado é inocente das acusações que lhe foram imputadas. Vejam seus olhos!

Assanai o encarou ironicamente e logo disse:

— O que você vê nos olhos do prisioneiro, ó corcunda Assan?

Assan procurou por socorro nos olhos dos colegas de conselho, mas nenhum deles o socorreu, exceto o Sacerdote Assarof, o qual, alisando a calva, disse:

— Assan quis dizer, meu amo, que o gesto às vezes é um argumento mais forte do que a prova ou do que aquilo que nos parece prova!

O silêncio tomou conta do lugar. Assanai disse com um tom de ironia mesclada com ameaça:

— Por acaso o Sacerdote invalida as provas, tal como fez o espectro que se aninhava em nosso peito ainda há pouco?

O Sacerdote se calou, e Assof, o maior dos mercadores, deu apoio erguendo a mão. Foi a primeira mão a se levantar no conselho para dar fim à discussão. A mão de Assof permaneceu erguida. Permaneceu ereta acima da cabeça de seu dono, solitária, adornada pelas benesses que o ofício do comércio lhe permitira alcançar!

Assanai gritou com um tom que ocultava a cólera:

— Será possível que...

Calou-se. Calou-se repentinamente porque viu outra mão levantar-se. Levantara-se a mão de Amazar e em seguida... em seguida foi a mão de seu companheiro Ezer, enquanto deixaram de se manifestar a mão do Sacerdote Assarof, a mão do corcunda e a mão do... sábio estrangeiro envolto em preto, silêncio e obscuridade. Assanai gritou:

— Salve! Salve! Mas... Mas será possível que o sábio estrangeiro nos decepcione assim?

O estrangeiro obstinou-se em seu silêncio, ao mesmo tempo que Assanai, voltando-se para o seu desgraçado prisioneiro, disse:

— Eis aí você nos apresentando outra prova de sua adesão à estirpe da falsificação, após ter posto em dúvida a identidade do homem, alegando tratar-se do infame Wantahit!

O prisioneiro se encolheu. Soltou um gemido cruel. Gritou:

— Ao contrário! Esse é mais um sinal da verdade do que eu disse! Pois ele só ergueu a mão após ver garantidas quatro mãos contra três!

— Mas as mãos que decidiram pela sua condenação são três contra outras três!

O prisioneiro soltou uma risada amarga. Disse:

— Recusando-se a erguer a mão, o estrangeiro ganha do conselho um testemunho de probidade, e ele não teria se recusado a me condenar se não tivesse a certeza de que a sua mão, Assanai, é a que decidirá a questão de uma vez por todas!

A VÍTIMA

O mensageiro se viu num porão subterrâneo em cujo espaço vagavam as desgraçadas criaturas que, na tradição do povo do deserto, eram agourentas: os coelhos. Esgueiravam-se a noite inteira, na escuridão do lugar, pulando no solo com suas patas e soltando sons abafados, mas deprimentes como profecias do mal.

Prestou demorada atenção no silêncio do exterior, e então o sono atacou suas pupilas. Pareceu-lhe ter tido uma visão durante aquela soneca, mas um escarcéu no lugar o acordou definitivamente. Diante dele estava Assanai, semelhando um espectro, enquanto atrás dele se viam os guardas sob a luz do fogo do lampião que um deles carregava.

Perguntou com sinceridade ao carrasco:

— Chegou a hora da despedida?

O carrasco, no entanto, não lhe respondeu à pergunta. Sentou-se para encará-lo em silêncio. Observou-o demoradamente. Disse afinal:

— Foi você quem escolheu este fim!

Assanai bufou e acrescentou:

— Tivesse aceitado o meu rogo para ser sufocado antes que a túnica me fosse arrancada do corpo, você teria me poupado de um crime e se salvado deste fim!

O prisioneiro sorriu com tristeza. Disse:

— Encontrar um fim que me estava destinado é mais fácil para mim do que viver traindo a minha missão!

— Eu sabia que você se agarraria ao antigo mito: a missão é a vida, apesar de saber da inexistência de uma alternativa a esta vida!

O prisioneiro disse, reprovando:

— Você presume que eu seja arrogante?

— Você é arrogante, naturalmente. Os enviados do Líder pertencem à estirpe da arrogância. Foi isso que herdamos dos mandamentos.

— Aos olhos das pessoas, parece arrogante todo aquele sobre cujos ombros o destino depositou um peso que os demais não suportam!

Assanai o encarou com tristeza. Disse:

— Ninguém sabe por que vocês tanto anseiam por se tornar vítimas!

E acrescentou após um instante:

— Seria sede de heroísmo ou ambição de perenidade?

O mensageiro respondeu sorrindo:

— Todo aquele que toma a verdade como ofício é vítima, queira ou não queira!

Assanai repetiu, com voz condoída:

— A verdade! A verdade! Não sei por que sou tomado por arrepios sempre que ouço a palavra verdade!

O mensageiro disse:

— Isso se deve ao pecado!

Assanai perguntou com reprovação:

— Qual pecado?

O mensageiro respondeu calmamente:

— Não havíamos concordado, em certo dia, que o amor pela túnica é um pecado?

— Se o amor pela túnica é um pecado, então por que o Líder envenenou com ela a nossa vida?

O mensageiro sorriu. Respondeu:

— Porque ela é uma necessidade, mas uma necessidade condicionada.

— Condicionada?

— Condicionada pelo amor a quem a deu, e não pelo amor a ela!

Assanai calou-se por um momento. Disse:

— Se a túnica seduz os pretendentes a possuí-la, por que não seria ela mesma o pecado, em vez de o sermos nós?

— Eis você se aproximando do reduto da verdade a propósito da túnica: você pode dizer que a túnica não é o pecado, que o pecado está em possuir a túnica, ou digamos que o pecado está em monopolizar a túnica!

Assanai gemeu, lamurioso. Disse:

— O vazio é o motivo em todas as situações.

O mensageiro se admirou:

— O vazio?

— Isso mesmo. Qual é a culpa do homem deste deserto, que se vê tão sem sentido a ponto de não encontrar o que fazer por si mesmo exceto renunciar a si mesmo, exilar-se de si mesmo criando várias espécies ridículas de distração? Qual é a culpa do homem quando, ao procurar uma presa, vê que ele mesmo é uma presa neste deserto?

— Ele não se salvará por meio de presas de caça. A salvação do homem está na contemplação!

— Você disse contemplação!

— Vocês a chamam de prece, eu a chamo de contemplação!

Assanai riu com escárnio. Interpelou:

— A tragédia de vocês, ó mensageiros, é que estão exagerando em suas boas suposições a respeito do homem se estiverem de fato pensando que a prece (ou o que você chama de contemplação) serve como alternativa às presas de caça!

O mensageiro argumentou:

— Em todo caso, isso é mais fácil do que as presas que levam à posse. Aquilo que leva ao pecado chama-se posse!

— Nem chegue perto de pensar que me convenceu!

— Não tento convencer ninguém, mas me permito às vezes encarregar-me da minha própria defesa!

Assanai sorriu:

— Você jamais se defendeu bem, e o sinal disso é a autodefesa que fez ontem!

— Esse é o destino dos mensageiros.

O silêncio se impôs entre eles. Num canto, os coelhos emitiram com sua voz abafada uma profecia. Assanai disse:

— Você não sabe o quanto separar-me de você vai me afligir!

— Alegra-me ouvir de você uma confissão dessa!

Um brilho ignoto reluziu nos olhos de Assanai. Disse:

— Você não sabe que o carrasco ama a sua vítima de um modo que supera o ódio da vítima ao seu carrasco?

O mensageiro sorriu enigmaticamente. Disse:

— Existem vítimas que têm por seu carrasco um amor maior do que aquele que o carrasco tem por elas.

— Essa é a comunidade dos mensageiros!

O silêncio se instalou. De uma fresta no porão surgiu a luz da madrugada. O enviado disse:

— Graças a você eu me libertarei do medo da morte, mas você não se libertará da morte graças a mim. Isso me aflige!

Com um gesto, o carrasco pediu explicações, e o prisioneiro esclareceu:

— A vítima morre só uma vez graças ao carrasco, pois morrer uma vez é o que liberta de morrer mil vezes. Quanto ao carrasco, ele morre várias vezes por dia, porque o medo da morte é a morte ela mesma!

— O medo da morte?

— Depois de hoje, você já não terá a ambição de viver entre pessoas que o temem sem temê-las!

Assanai manteve-se calado longamente. Disse enfim:

— Em meu trabalho, imitarei o trabalho do Líder. Vou me encarregar deles protegido por um véu!

O prisioneiro olhou sorrindo para o carrasco. Disse:

— Na imitação do Líder há sempre um risco, pois quem se oculta por meio dos véus da eternidade não é como quem se oculta por meio dos véus mundanos!

Predominou um silêncio. A vítima trocou um longo olhar com o carrasco. O espanto do mensageiro foi imenso ao ver lágrimas nos olhos de Assanai, que disse:

— Não quero que nos separemos enquanto em seu coração existirem dúvidas sobre o meu amor à Sua Alteza, o Líder!

O prisioneiro abaixou a cabeça e o carrasco acrescentou:

— Nenhuma criatura deste deserto tem fé na existência do Líder tal como eu tive. Você acredita em mim?!

Também nos olhos do mensageiro brilhou certa umidade. Gaguejou:

— Acredito!

Assanai se admirou:

— Verdade? Eu supunha que você dava crédito ao mito de que eu negava o Líder, tal como a escória e os estúpidos membros do conselho!

Assanai se pôs em pé. Olhou para o prisioneiro estirado a seus pés como um monte de palha. Balbuciou:

— Perdoe-me!

O mensageiro disse:

— Você não deve duvidar do meu perdão de modo algum!

Assanai disse:

— Sei que a vítima perdoa o carrasco, mas o carrasco jamais perdoa a vítima!

O mensageiro se pronunciou:

— Isso porque a nossa natureza determina que amemos a quem fizemos bem, mas aqueles a quem fizemos bem não nos amam!

Estabeleceu-se uma quietude que foi violada pelos coelhos com suas vozes detestáveis. O prisioneiro, vencendo as algemas, conseguiu também ficar de pé. Parou calado em frente a seu carrasco, que gaguejou:

— Sentirei sua falta como nunca senti a falta de ninguém!

O prisioneiro não respondeu. Manteve-se em pé examinando as algemas que lhe cercavam as mãos, parecendo então uma criança para o carrasco, que fez menção de se retirar, mas um corpo que despencou ao solo interrompeu-o. O mensageiro rastejou no chão. Envolveu as pernas do carrasco entre os braços. Em seguida, inclinou-se diante da sandália de Assanai para beijar-lhe os pés. Assanai murmurou:

— O quê? A vítima beija os pés do carrasco?

O prisioneiro retrocedeu arrastando-se até bater na parede cheia de fragmentos de pedras agudas como a lâmina das facas, ali se enrodilhando como um porco-espinho, enquanto o carrasco fazia meia-volta para ir embora, como se buscasse refúgio saindo dali!

O AMIGO ÍNTIMO

Num sopé que se estende ao lado de um planalto escalado pelas casas do oásis, ergue-se uma palmeira frondosa cercada por um curral feito de palma. Nesse estábulo, vizinho dos campos, outro prisioneiro viveu muito tempo junto com o gado, à espera do dia em que seria decidido o seu destino. Não sentiu tédio (ao contrário do que previram seus carcereiros) porque a companhia do gado lhe ministrou lições que a solidão dos ermos lhe negara. Tampouco conheceu o tédio porque a existência do prodígio que era o céu nu consistia numa dádiva mais grandiosa do que todas as dádivas do destino, e se Assanai compreendesse a verdade do céu nu tê-la-ia preferido à sua própria túnica. Contudo, ele admite que a desgraça está em esperar. A desgraça do sentimento de espera, ainda que a criatura não esteja esperando nada exceto a si mesma. Talvez porque a espera oculte a esperança mentirosa de uma redenção mentirosa. Talvez porque a espera seja uma espécie de tentação. A tentação que promete cumprir a única promessa que merece a espera de um tempo que pode durar gerações. A promessa da liberdade! A espera da liberdade é aquilo que tanto o carcereiro como o prisioneiro esperam. Porque a espera da liberdade é a obsessão do ser humano, de todo ser humano.

Certo dia, o carcereiro foi até ele. Ele que, desesperançado de esperar, já se esquecera do carcereiro, tal como se esquecera, em sua vida mundana, de muitas coisas, embora não tivesse se esquecido da espera, porque a espera — ele estava convicto — fazia longo tempo que já não era espera, mas se tornara a própria vida.

O carcereiro chegou acompanhado de seu séquito, que deixou lá fora, entrando sozinho. Parou diante do prisioneiro como um fantasma. Parou do modo adequado a um carcereiro. Em seus olhos, um sorriso de arrogância. Em seus olhos, um sinal de vitória. Disse, irônico:

— Alegra-me encontrá-lo tal como o depositei, porque a companhia do gado não raro transforma os pastores em deformidades que não diferem do gado!

Respondeu sem mover um membro para recebê-lo:

— Quanto a mim, encontrei na companhia das reses aquela sabedoria que perdemos na companhia dos seres humanos!

— Ordenei que lhe destinassem um porão no qual você seria vizinho de outras reses, isso se, em sua Lei, a raça dos coelhos pertencer à das reses, mas os auxiliares foram de outro parecer e atiraram ao porão o seu amigo mensageiro, trazendo você a este curral de gado.

O prisioneiro sorriu com desdém sem olhar para ele. Disse:

— Não sei qual mensagem você quer nos transmitir com esses argumentos pueris!

— A mensagem é mais clara que o azul deste céu. Ela diz que o lugar-tenente deste oásis já não é, a partir de hoje, encarregado do oásis, e sim o séquito que voeja em torno desse lugar-tenente!

O prisioneiro se ajeitou, sentado. Examinou as mãos amarradas com cordas de bucha no tronco da palmeira. Olhou para seu carcereiro. Disse:

— Essa é uma solução para o amuleto da charada com outra charada!

Assanai sentou-se de frente para ele. Disse:

— Quando o Líder colocou a sua túnica como se fora uma insígnia no meu peito, acreditei nessa dádiva como ninguém nunca acreditou em toda a história do deserto e depois mereci o título de imbecil com méritos!

— Imbecil?

— Exato. Imbecil; aliás, da maior imbecilidade do que qualquer imbecil. Se não, como seria possível chamar uma pessoa que acreditou que esta marionete que chamamos túnica pudesse capacitá-lo a se tornar o sucessor numa terra da qual nem o próprio Líder teve o domínio e da qual jamais desejou tornar-se sultão?

O prisioneiro limitou-se a sorrir. Olhou para o céu nu e imaginou que ele ficara mais azul, mais profundo, mais indiferente e mais esdrúxulo. O carcereiro disse:

— Feito uma criança, saí correndo com aquela marionete. Tirei o meu coração do seu vazio e corri entre as pessoas para oferecê-lo a elas. Porventura você sabe qual foi a postura dessas bestas que eu supus humanas?

O prisioneiro respondeu sem renunciar ao seu céu:

— Você dirá que essas pessoas esfaquearam o seu coração, não é isso?

— Naturalmente me esfaquearam o coração. Não se limitaram a esfaqueá-lo, mas também o profanaram, atiraram-no ao chão e o pisotearam e violaram. Que recaia a maldição sobre essas pessoas e sobre todos quantos creem no mito chamado ser humano!

O adepto da solidão soltou um riso de menosprezo. Disse:

— Foi por esse motivo que você fez o que fez com o mensageiro, para se vingar das pessoas. Não é isso?

Assanai o ameaçou com o indicador, dizendo:

— Muito cuidado! Não tente me convencer de que vivemos na magnanimidade e não na vingança! A vingança é que é a vida!

— Se déssemos livre curso às rédeas do dragão da vingança, não existiria vida!

— Besteira! Agora você diz isso porque a sua solidão enlouquecida o socorreu contra a maldade dos seres humanos, mas, se tivesse vivido comigo no covil dessas feras, compreenderia que o que chamamos de magnanimidade chama-se rendição na língua deles. E o que chamamos de inocência eles consideram estupidez, e o que chamamos de justiça eles consideram fraqueza, e o que chamamos de coragem eles consideram loucura.

O prisioneiro renunciou ao seu céu para observar seu interlocutor. Perguntou:

— É por esse motivo que no passado distante você me negou, tal como me negou na comédia do conselho?

Assanai respondeu, convicto:

— Devagar! Devagar! Negar você no passado pertencia a outra natureza, diversa da minha negação no conselho. Em tempos remotos, eu o neguei para me defender, e o neguei no conselho porque era um imperativo, dado que eu alçara a voz negando o Líder e negando o mensageiro do Líder!

— Você está dizendo que me negou naquele dia remoto para defender a si mesmo?

— Naturalmente, aquilo era autodefesa!

O prisioneiro se calou. Aturdiu-se por instantes. Disse, reprovando:

— Coloco a minha cabeça na esteira de execução para resgatar um amigo atingido por uma desgraça, e após o desaparecimento de tal desgraça esse amigo não encontra outra coisa para fazer que não decepcionar aquele que o resgatou com a própria cabeça, e você chama essa atitude de autodefesa?

— Você fala assim por não querer admitir até hoje que o resgate não é uma dívida nem um sacrifício, e sim traição aos mandamentos da Lei, que diz: "Nunca resgate ninguém!".

Tomado por forte emoção, o prisioneiro gritou com repentino entusiasmo:

— Eu supunha que dois amigos íntimos são, um para o outro, um único espírito em dois corpos!

— Você tem uma dívida de gratidão comigo, pois eu o libertei dessa ilusão!

A voz de Edbanan se sufocou enquanto ele gritava:

— Exato! O amigo íntimo é uma ilusão. O amigo íntimo é o embuste com o qual nos consolamos no covil de feras a respeito do qual você falou agora há pouco!

Assanai calou-se e Edbanan cambaleou como um descontrolado. Disse:

— Eu amava você! Não abandonei meu amor mesmo depois que você me decepcionou naquele dia agourento, no qual deixou meu pescoço à disposição da escória! Aliás, não o abandonei nem mesmo depois de sua campanha de vingança, que começou com a negação do Líder e terminou com o sacrifício do mensageiro do Líder. Não logrei encontrar cura para essa doença e considero que não conseguirei me curar dela, ainda que você ordene agora que eu morra sufocado, tal como você sufocou muitos outros sem que eu soubesse o motivo!

— Eu também amei você, e se não lhe devotasse o mesmo amor não lhe teria prestado um favor por meio daquilo que você chama de traição!

— Você me prestou um favor?

— Se eu não o tivesse decepcionado, conforme você diz, você não teria se refugiado na solidão! Então, por que não admite que eu o socorri do embuste do amigo íntimo, assim como o socorri da maldade dos homens?

Edbanan não se rendeu:

— O amigo íntimo é o embuste que eu não quero desmentir, e a maldade dos homens é a desgraça da qual não quero me salvar!

— Besteira! Se você não quisesse desmentir o embuste

do amigo íntimo, por que reprovaria a minha atitude, que comprova a sua falsidade, e se você não quisesse salvar-se da maldade dos homens, conforme alega, por que fugiu deles para ficar a sós consigo mesmo no vazio?

— Reprovo a sua atitude porque amo, não porque desminto, e escolhi a solidão não para escapar da maldade das criaturas, mas para ficar a sós com aquela criatura que existe em mim e que carrega em si gerações de criaturas.

A manga de Assanai recuou em seu punho, e a túnica apareceu como um tumor maligno debaixo das roupas largas. Ocultou-o puxando a roupa sobre o punho antes de dizer:

— Conta-se que você não permaneceu no deserto um dia sequer que não fosse pela ambição de encontrar o Líder!

— Por que eu teria a obrigação de procurar um Líder no deserto, se carrego o meu Líder no coração?

Assanai soltou um riso detestável. Gritou:

— Eis aí a confissão que eu quis ouvir de você! Hahaha... Eu lhe confesso que quase explodi de riso quando você apareceu diante de mim no conselho declarando ter visto o Líder em carne e osso! Hahaha... Maldito seja!

Edbanan sorriu, condescendente. Disse:

— Quem verdadeiramente conheceu o Líder não tem necessidade de vê-lo em carne e osso!

— Esse testemunho é uma intercessão a favor do falso testemunho que você prestou no conselho. Haha...

Assanai engoliu o riso. Perguntou em outro tom:

— Por que prestou falso testemunho no conselho?

Edbanan calou-se. Cabisbaixo, afigurou-se, aos olhos do carcereiro, uma criatura miserável, sem força, poder ou argumento. Edbanan pronunciou-se sem erguer a cabeça do solo acolchoado pelos excrementos do gado:

— Eu quis...

Assanai interrompeu-o grosseiramente:

— Muito cuidado para não dizer que você fez o que fez para defender o mensageiro do Líder ou mesmo para defender o Líder!

Edbanan murmurou como se falasse para si mesmo:

— Com tal testemunho, eu quis provar aquilo que não se prova mediante testemunhos!

Uma calmaria dominou o curral. O cheio de esterco ficou mais forte no ar. Assanai ajeitou o véu na boca, depois soltou uma risada. Disse:

— Eu sei que naquele dia você não invadiu o conselho para salvar o mensageiro...

— O mensageiro não precisa de um bode expiatório, pois ele não existe senão para ser, ele mesmo, um bode expiatório!

Assanai repetiu a resposta do adepto da solidão como se recitasse uma prece:

— O mensageiro não precisa de um bode expiatório, pois ele não existe senão para ser, ele mesmo, um bode expiatório. Isso me apraz, assim como me apraz o que você disse há pouco sobre o testemunho que você prestou somente para provar, por meio dele, aquilo que não tem prova! Isso me apraz, e tentarei gravá-lo na porta da minha casa com os símbolos do antigo alfabeto!

Em seguida... em seguida Assanai se pôs em pé para emitir o veredito:

— Agora chegou o momento da separação. Você sumirá daqui. Seu companheiro, o mensageiro, desapareceu do mundo para se tornar o bode expiatório de si mesmo, conforme você disse há pouco, mas você vai desaparecer do oásis perpetuamente, isolando-se até a eternidade... O meu talião contra o bando do conselho foi mais cruel do que o talião que apliquei contra o mensageiro, pois determinei que todos fossem empurrados para o desterro. Quanto a você, eu não o desterrarei, mas o empurrarei para a sua terra quando decidir expulsá-lo do oásis. Pois o adepto da solidão sozinho retorna para a sua terra quando parte para o desterro!

Calou-se por instantes. Assanai olhou para o céu sempre puro. Acrescentou:

— Não há lugar na terra das sombras para quem compreende que a túnica não é uma túnica porque ela não se dá, e por isso não se retoma, nem permite que alguém se associe a ela, porque não se trata de uma dádiva do Líder, mas é ela própria o Líder!

Deu meia-volta para sair, e seus ajudantes chegaram para soltar os grilhões de Edbanan.

O RETIRO*

Assanai disse ao visitante estrangeiro:

— Eu quero me isolar!

O homem lhe recomendou:

— Se quiser tomar para si um retiro de categoria confiável, peça socorro à terra, sua mãe!

Naquele dia, Assanai estranhou:

— Terra?!

Respondeu o dono da horrenda montaria, que chegara ao oásis durante a escuridão noturna para se tornar o sexto membro da camarilha do fórum, conforme a numeração previamente estabelecida:

— Porque tudo quanto fica acima da superfície da terra se queima com a luz do céu, e só se protege da extinção aquilo que se oculta debaixo da terra!

---

* "Retiro" traduz *hijab*, palavra normalmente empregada para "véu", que também é um instrumento de ocultação. Conforme se notará adiante, contudo, trata-se de uma espécie mais ampla de ocultação. (N. T.)

Assanai lembrou-se da questão envolvendo o mensageiro e discutiu naquele dia:

— Se o que você diz estiver correto, por que então vejo o túmulo do mensageiro crescer sobre a colina sempre que ordeno a dispersão das suas pedras, como se os membros do povo do Invisível viessem eles mesmos toda noite, cobertos pelo manto das sombras, remontar o túmulo, deixando-o maior ainda?

Respondeu o dono da horrenda montaria, a quem o mensageiro acusara, na noite do julgamento, de estar disfarçado no corpo de um estrangeiro por não ser, em verdade, senão o memorável infame Wantahit:

— O mensageiro caminhou alegre para o abatedouro porque escolheu tornar-se bode expiatório. E os homens, conforme narram as crônicas das gerações nos mandamentos da Lei perdida, imperiosamente veneram os bodes expiatórios. Quanto a você, não o imagino fazer parte do grupo que aceita pertencer ao partido dos bodes expiatórios!

Assanai remexeu a terra para afastar o mal antes de responder:

— A terra nos protegeu para não pertencermos ao partido da expiação!

E, inclinando-se para o seu interlocutor, cochichou-lhe no ouvido:

— Fui informado de que você é um velhaco dos mais arrogantes!

O visitante estrangeiro sorriu e disse de modo obscuro:

— Posso lhe construir um retiro que se pronunciará belamente por meio de pedras mudas. Posso lhe produzir um retiro cuja beleza o deserto nunca viu igual, com a condição de que você coloque à minha disposição o dinheiro que um retiro como esse exige!

Assanai sentiu um nó na garganta. Disse com uma voz de decepção que ele não conseguiu esconder:

— Não esconderei de você que padeço de um grande sofrimento quando o assunto é dinheiro.

O visitante o recriminou:

— Você padece de um grande sofrimento com dinheiro, embora tenha em torno de si meios que lhe proporcionam dinheiro a mancheias?

— Já estabeleci pesados impostos às pessoas e dobrei as taxas do comércio das caravanas, mas a secura do deserto lhes paralisou o movimento e extinguiu os rebanhos da população, a tal ponto que tive a certeza, pela primeira vez, de que os oásis devem a sua vida ao deserto, e não o contrário, conforme sempre acreditamos.

O visitante estrangeiro concordou:

— Sim. O que os estúpidos moradores do deserto ignoram é que a prosperidade dos oásis tem como condição a prosperidade do deserto!

Assanai inclinou-se em direção a seu hóspede para dizer:

— Não esconderei de você que os moradores começaram a acreditar no mito do mensageiro. A simpatia deles finalmente chegou ao ponto de fazê-los divulgar uma lenda que diz que a aridez do deserto não é senão a punição aplicada pelo céu à criação, em vingança pelo crime cometido contra o mensageiro!

O visitante estrangeiro diminuiu a importância daquilo:

— As pessoas necessariamente dizem isso porque a natureza delas não aceita senão procurar sinais secretos para interpretar quaisquer desgraças!

— É verdade. As pessoas encontram consolo na interpretação das desgraças!

O hóspede misterioso, contudo, retomou a história do dinheiro:

— No que tange à obtenção do dinheiro, você não deve esquecer o tesouro da água!

Assanai interpelou-o, atônito:

— A água?!

O hóspede estrangeiro respondeu com frieza:

— Sim. A água! Porventura existe no deserto algum tesouro mais valioso do que a água?

O espanto paralisou a língua do pretendente ao retiro, enquanto seu hóspede acrescentava:

— Não entendo como as pessoas engrandecem mercadorias dispensáveis, fazendo pesar altos impostos sobre os ombros dos seus donos, para em seguida desprezarem um tesouro que corre sob os seus pés!

O pretendente ao retiro pronunciou-se, atordoado:

— Mas o que eu sei é que recolher dinheiro por meio da taxação da água é uma prática hedionda que carreia má sorte!

— Bobagem!

— Pelo menos é isso o que herdamos dos mandamentos da Lei perdida!

— Vocês aceitam de bom grado morrer de fome em obediência a um mandamento esquecido, atribuído talvez falsamente a uma Lei também perdida. Existe no mundo alguma estupidez comparável a essa estupidez?

O pretendente ao retiro se calou. Calou-se longamente. Afinal interpelou:

— Acaso não serei amaldiçoado por gerações se eu violar a proibição e taxar a água?!

— A maldição das gerações, como você a denomina, pode transformar-se em glória conforme a vontade do tempo, pois o heroísmo faz parte do destino daqueles que violaram alguma proibição!

O pretendente ao retiro hesitou novamente, o que forçou o hóspede estrangeiro a lançar mão de outro argumento:

— Não sei como você detém a coragem de dar cabo do mito do mensageiro e, por outro lado, se ressente da falta de coragem para colher riquezas que o destino colocou entre as suas mãos!

Assanai gaguejou:

— Livrar-me do mensageiro não passou de autodefesa!

O estrangeiro ocultou o riso. Disse:

— Você não conseguirá convencer a escória com esse argumento!

— Não pretendo convencer a escória com esse argumento, mas convencer você!

O hóspede estrangeiro escondeu um sorriso enigmático com a ponta do véu. Disse:

— Se você não consegue convencer nem a escória com esse argumento, será capaz de convencer a mim?!

Assanai procurou algum refúgio para esconder seu desconforto, mas falhou e recorreu ao amplo espaço da língua:

— Você assim se pronuncia porque eu não lhe contei sobre uma discussão que ocorreu entre mim e o mensageiro no dia em que fui recepcioná-lo no sopé do monte Hankaka!

Com um gesto, o dono da horrenda montaria pediu esclarecimentos, e Assanai esclareceu:

— Roguei a ele que me sufocasse antes de arrancar a túnica da minha pele, e ele disse que a sua missão consistia em retomar a túnica e não em sufocar pessoas!

O dono da montaria disse com uma voz estranha:

— Se você estivesse no lugar dele, teria dito o mesmo!

O pretendente ao retiro desdenhou a frase, talvez por não a ter ouvido, e acrescentou:

— Não me restou outra saída que não o aniquilar antes que ele me aniquilasse!

O estrangeiro lançou-lhe uma olhadela ardilosa, mas não pronunciou palavra. Impôs-se um silêncio carregado, após o qual o dono da montaria falou:

— Espero que já tenhamos chegado a um acordo quanto ao dinheiro!

O pretendente ao retiro gaguejou:

— Algumas dúvidas a respeito do retiro me intrigam.

— Dúvidas?!

Assanai calou-se por algum tempo. Revelou enfim suas dúvidas, dizendo:

— A verdade é que não sei como o retiro será um prodígio de beleza se estará oculto aos olhares!

O dono da montaria riu obscuramente. Disse com indiferença:

— Será que você consegue falar sobre a beleza de uma mulher caso ela se dispa e apareçam as suas partes pudendas?!

Assanai reprovou:

— Nesse momento poderei falar do desejo, não da beleza!

O dono da montaria regozijou-se com voz triunfante:

— Viu só? A beleza é a beleza do que se oculta, e quando ela se mostra vai embora!

O TUMOR

Assanai se mantinha isolado no interior de sua antiga casa, à espera de que se completasse a construção do retiro prometido, quando certo dia foi assaltado por uma convulsão. Sentiu a respiração apertar no peito, o ar escapar a seus pulmões e uma tontura estranha abalar seu corpo todo. Puxou o ar com força, na tentativa de capturar a respiração, mas o peito, ao invés de recolher o ar, expeliu-o. Cambaleou sacudindo-se com violência enquanto tentava se pôr em pé, mas o corpo o traiu e ele despencou no solo. Soltou um mugido esquisito, contorcendo-se sobre o tapete, e os criados foram em seu socorro. Carregaram-no e o depuseram no quarto, enquanto ele tremia, puxava o ar com força e espumava com os olhos esbugalhados.

O chefe dos criados encarregou-se do assunto e mandou chamar o curandeiro, ordenando em seguida que as janelas fossem escancaradas para a entrada de algo ainda mais sagaz do que o curandeiro: o ar. Contudo, os estúpidos criados se recusaram a obedecer à ordem. Nesse momento, o chefe dos criados não viu outra saída que não violar ele mesmo a proibição, estabelecida por seu amo desde que resolvera ocultar-se aos olhares alheios, de manter as janelas abertas. O ar entrou pela abertura assim que o chefe dos criados quebrou o selo, inundando o rosto de Assanai, cuja fisionomia estava marcada pela palidez. Logo após a entrada do ar, entrou também o curandeiro. O enfermo agitou-se com o golpe de ar, mas só despertou de sua estranha sonolência com a chegada do curandeiro, que retirou da bolsa um embrulho miserável que abriu com habilidade, dali extraindo um pó amarelado de ervas secas e cheiro ácido. Recolheu com os dedos um punhado do pó, colocando-o no nariz do enfermo, cujo corpo se chacoalhou violentamente; em seguida Assanai retomou o ar com uma longa inspiração e se pôs sentado. Percorreu o local com um olhar ausente e logo sua cabeça desabou de novo sobre a almofada. O curandeiro o examinou detidamente, depois se aproximou para, em vez de examiná-lo com os olhos, examiná-lo com as mãos. Percorreu o corpo do homem deitado no colchão com seus dedos acobreados, tão delgados que se assemelhavam a palitos de madeira. Nas pupilas dilatadas do curandeiro, os criados enxergaram a sombra do espanto. Pela primeira vez, gaguejou as expressões que mais tarde repetiria amiúde:

— Espantoso!

Seus dedos experientes passeavam sobre a túnica oculta debaixo da roupa, sem acreditar no mito que corria pelas bocas do vulgo, o qual dizia que o manto de peles poderia se transformar num corpo.

O curandeiro concluiu os exames com a expressão "Espantoso!" e logo pediu ao criado-mor que o lugar fosse esvaziado, pois pretendia confabular a sós com o enfermo. Como o criado-mor estranhou o pedido de conversa com seu patrão antes que ele recuperasse a saúde, o curandeiro o silenciou com um tom peremptório:

— Eu o esperarei recuperar a saúde.

Lançando-lhe um olhar de dúvida, o criado-mor disse:

— Esperarei aqui ao seu lado!

À saída dos criados, os dois homens sentaram-se lado a lado, defronte do enfermo, que começou a delirar enquanto se desfazia em suor. Da janela veio uma brisa norte-desértica à qual o enfermo respondeu com um gemido doloroso. O curandeiro estendeu a mão para retirar da trouxa outro embrulho com ervas. Exibiu-o na cara do criado-mor, dizendo:

— Preciso de um copo d'água!

O criado-mor sumiu por instantes e retornou portando um recipiente de madeira cheio de água. O curandeiro pegou o recipiente e atirou nele um pó de ervas. Antes de se aproximar do enfermo, voltou-se para o criado-mor e perguntou:

— Posso contar com a sua ajuda?

Fizeram ambos um esforço considerável até conseguirem que o enfermo engolisse a bebida amarga. Voltaram a sentar-se lado a lado, recostados à parede. O curandeiro disse a seu interlocutor:

— Posso lhe revelar um segredo?

O criado-mor respondeu:

— Eu prefiro que não o faça se o assunto se relacionar ao patrão!

O curandeiro pediu esclarecimento com um tom de espanto:

— Por quê?

O criado-mor respondeu sem tirar os olhos do corpo de seu patrão:

— Porque não existe nada que eu mais tema do que segredos!

Calou-se por instantes e acrescentou:

— Especialmente se esses segredos se relacionarem ao meu patrão!

O curandeiro, contudo, não se rendeu:

— Você me permite uma pergunta?

— Pode perguntar, desde que a pergunta não tenha relação com o meu patrão!

O curandeiro sorriu com desdém. Disse:

— Não estamos aqui reunidos senão por algo ligado ao seu e ao meu patrão.

O criado-mor permaneceu calado e o curandeiro acrescentou:

— Eu apenas queria saber desde quando o nosso patrão foi atingido pela doença!

— Antes de hoje, o patrão não conhecia essa doença da qual você fala.

— Eu quis esclarecer a respeito da atrofia!

O criado-mor interpelou-o em tom de censura:

— De que atrofia você está falando?

— Você não ter notado que ele se transformou em pele e osso me deixa atônito!

O criado-mor examinou seu interlocutor com assombro. Disse, misterioso:

— Você considera que ele verdadeiramente se transformou em pele e osso?

— Ele não somente está se atrofiando, mas também se desvanecendo!

— Desvanecendo?!

— É seu direito não perceber a debilidade do nosso patrão, pois você o vê diariamente, mas eu não o via desde que ele se isolou!

O enfermo se mexeu, inquieto. Gemeu. Puxou o ar profundamente, como se não acreditasse no que lhe ocorria. Gaguejou:

— O que está acontecendo aqui?

Como ninguém lhe respondeu, abriu os olhos. Perguntou, numa linguagem à qual não faltava um tom de ameaça:

— Por que vejo neste lugar uma iluminação suspeita?

O criado-mor ficou diante dele, à sua cabeceira, e respondeu:

— Nosso patrão foi atingido por uma convulsão, então abri a janela para trazer o ar!

O doente se espantou:

— Convulsão?

O criado-mor disse:

— O curandeiro está aqui no canto querendo se colocar diante do patrão!

— O acontecido chegou a ponto de também exigir a presença do curandeiro?

O criado-mor gaguejou:

— Exatamente, patrão!

O curandeiro percebeu como a preocupação dominou o doente assim que ele tomou conhecimento de sua presença ali. Aproximou-se da cama. Curvou-se em reverência. Suplicou, rendido:

— Será que o meu patrão me permite conversar a sós com Vossa Alteza?

Assanai fez um sinal para o criado-mor, que se retirou. Interrogou-o:

— O assunto é tão grave assim para requisitar todas essas providências?

O curandeiro respondeu:

— Não posso ter certeza antes que o patrão me responda a algumas perguntas.

O doente forçou um sorriso para disfarçar a preocupação. Disse:

— Pode perguntar.

O curandeiro refletiu por instantes, depois lançou a primeira pergunta:

— Alguma vez o patrão sofreu de asma?

O doente estranhou:

— Asma? Nunca, nunca!

— O patrão teve alguma crise de desmaio antes de hoje?

— Foi de fato um desmaio? Nunca, nunca!

— Acaso o patrão sofreu de perda de apetite nos últimos meses?

O doente tornou a negar com uma reprovação misturada com espanto:

— Perda de apetite? De modo algum, de modo algum!

O curandeiro calou-se. Seu olhar saltou para a janela. Perguntou:

— Como o nosso patrão interpreta o mistério dessa magreza?

O doente pediu esclarecimento:

— Magreza?

— Naturalmente. O patrão emagreceu demasiado desde a última vez em que o vi.

— Haha... Você pensava que eu fosse mais gordo que um burro de roça!

O curandeiro se calou. Voltou de sua viagem desértica pela janela. Disse:

— O patrão acaso me permitiria que eu lhe dissesse algo verdadeiro?

O doente forçou o corpo a levantar-se. Apoiou-se na cabeceira da cama. Pálido, olhou para o curandeiro. Venceu a fraqueza antes de gaguejar:

— É claro!

O curandeiro, no entanto, achou melhor reformular sua pergunta:

— Quero dizer, o patrão acaso me daria garantias de vida se eu lhe dissesse uma verdade?

O peito do enfermo subia e descia, arfante. A palidez se alastrou por sua fisionomia. Sussurrou:

— Naturalmente!

O curandeiro abaixou a cabeça, invadido por um tremor, antes de se pronunciar:

— Meu patrão sofre da doença...

Engoliu a saliva a custo, depois acrescentou:

— ... sofre de inflamação da pele.

Instalou-se um silêncio carregado. Instalou-se por um longo tempo, até que o enfermo estranhou:

— Você está certo disso?

O curandeiro respondeu, evitando encará-lo:

— Totalmente certo!

O silêncio voltou a instalar-se no lugar. O enfermo disse:

— O que significa uma pessoa ser atingida por inflamação da pele, conforme os costumes dos curandeiros?

O curandeiro aferrou-se ao silêncio. O enfermo disse, o peito entregue, como alguém contra o qual fora proferido o veredito final:

— Significa a morte, não é assim?

Como o curandeiro não respondesse, o enfermo disse:

— Acaso o motivo seria a túnica?

O curandeiro lançou-lhe um olhar furtivo. Respondeu com um sinal afirmativo de cabeça.

O silêncio imperou novamente, até que o enfermo disse afinal:

— A desgraça não está em morrermos, mas em não fazermos algo que nos dê vida após a morte!

A VERDADE

A serva veio trocar-lhe a roupa, conforme se habituara a fazer diariamente. Assanai entregou-se a ela, que começou por despir a roupa da roupa. A despir a roupa larga de sua outra casca, semelhante a uma casca de árvore a respeito da qual o haviam enganado, dizendo-lhe que seu nome era túnica. Apesar de haver secado, rachado e descascado, ela continuava soltando um líquido visguento que não era purulência, nem sangue, nem pus. Umidade escassa, mas que atacava suas roupas externas com a mesma gula com que atacava sua carne. Adentrou profundamente na pele do corpo e em seguida fez brotar veias ferozes, que passaram a correr por todo o seu corpo, sugando-lhe o sangue e devorando-lhe a carne. Sentia, na coceira insistente, o lento rastejar daquele verme glutão, no qual, no entanto, nunca prestara atenção. Não prestara atenção até que chegou aquele dia em que a convulsão o atingiu. Ele não nega a sensação de tontura que costumava invadi-lo, mas era uma sensação passageira. Tampouco nega o desconforto para respirar, mas tais ataques eram repentinos e curtos; ele jamais acreditou que pudessem desenvolver-se e sufocá-lo, tal como aconteceu após a convulsão.

À porta surgiu o secretário, em cujos olhos Assanai leu uma mensagem ruim. A um gesto, ele falou:

— Receio que o espertalhão arrogante não consiga comparecer diante de você, meu amo!

O malsinado secretário trocou um olhar com a serva e em seguida abaixou a cabeça. Assanai perguntou:

— Você poderia me informar o motivo?

O secretário lançou-lhe um olhar ardiloso. Disse:

— O cerco, meu amo!

Assanai empurrou a mão da mulher para o lado. Perguntou, espantado:

— O cerco?

— Sim, meu amo. O senhor de Qadmos conseguiu convencer os anciãos do deserto a atacar nosso oásis, então eles lhe forneceram cavaleiros que o ajudaram a acorrer às muralhas daqui!

A palidez invadiu as bochechas de Assanai. Gaguejou algumas maldições, mas o secretário não o poupou:

— Isso não é tudo, meu amo!

— Por acaso você tem na manga alguma desgraça pior do que essa?

O secretário lançou-lhe um olhar furtivo que evidenciava astúcia. Aduziu:

— Os moradores daqui dividiram-se em dois grupos: um fugiu do oásis e o outro se comprometeu a render-se ao inimigo!

Assanai resmoneou na cara do secretário:

— Maldito seja você! Malditos sejam eles!

E acrescentou, como se conversasse consigo mesmo:

— Desconheço por que o senhor de Qadmos mobiliza os homens das tribos contra mim para, com semelhante escória, atacar as minhas terras!

O secretário disse, encarando-o a furto:

— Antes de nos atacar com a sua campanha armada de espadas, o senhor de Qadmos conduziu contra nós uma campanha na qual alegou termos violado os mandamentos da Lei.

— De qual violação dos mandamentos da Lei lhe seria possível falar?

O secretário lançou-lhe um olhar significativo. Disse:

— Nas suposições dele, a taxação da água é um insulto aos mandamentos da Lei.

Calou-se. As bochechas de Assanai se congestionaram com os traços de uma cólera reprimida. Fechou os olhos, e dos seus cílios saltou umidade. Sussurrou para si mesmo:

— Fiz os moradores do oásis se voltarem contra mim com essa taxação maldita, depois despertei inimizades no espírito das tribos e dos moradores das vizinhanças, mas tais ações não me fizeram receber o retiro prometido. Maldito seja o espertalhão arrogante. Estou quase crendo que aquele canalha não é senão o perpetuamente desgraçado Wantahit, que veio até nós naquele dia agourento disfarçado com roupas de estrangeiro!

Com um gesto, dispensou o secretário e a seguir fez o mesmo com a serva. O lugar foi dominado pelo silêncio, e a escuridão se espalhou por todos os cantos depois que ele extinguiu, com assoprões, a luz do lampião. Da janela fechada infiltrou-se um maligno fio de luz, então Assanai estendeu as cortinas com cuidado. Esticou-se no catre e contemplou a escuridão. Contemplou a escuridão como sempre a contemplara. Não era uma contemplação da escuridão, mas uma entrega ao poder da escuridão. Um gozo no regaço da escuridão. Ele nunca conhecera a segurança até conhecer o caminho para a escuridão. O caminho para um retiro chamado escuridão. Pois fora somente em seus quadrantes que ele obtivera êxito em enxergar as pessoas como de fato deveria enxergá-las. Obteve êxito em enxergar as pessoas, sem que as pessoas obtivessem êxito em enxergá-lo. Não compreendeu senão tardiamente o quanto havia sido estúpido, pois escolhera arriscar-se a ponto de não conseguir imaginar como lograra safar-se de semelhante risco no dia em que caíra com os dois pés no território daqueles demônios. Aparecera desarmado, o coração despojado, as costas nuas. Aparecera entre eles repetindo com o músculo da língua a maior mentira que alguma criatura poderia matraquear naquele deserto. Tal mentira é às vezes chamada de verdade, outras vezes de felicidade, muitas outras mais de redenção. Naturalmente, ninguém lhe dera crédito. Naturalmente, apenas ele mesmo se dera crédito. Por isso, não ter sido apunhalado nas costas consistia no maior dos prodígios. Talvez porque aqueles desgraçados compreendessem melhor a verdade da verdade que ele estava divulgando. Compreendiam-na melhor porque sabiam que quem se dá ao trabalho de repetir uma mentira insistindo tratar-se de uma verdade um dia acabará apunhalando a si mesmo. Talvez se enforque ao descobrir que acreditou. Acreditou que a túnica era verdade. Acreditou que a túnica era um mandato de Sua Alteza, o Líder, mediante o qual lhe era concedido o direito de assenhorear-se dos pescoços e de encarregar-se de uma questão que sempre fora, do início ao fim, um mito, e que o qualificava a se tornar o sucessor de Sua Alteza, o Líder, no deserto. Oh, em que grande mito acreditaram as tribos e ao qual deram crédito gerações após gerações! O estranho é que sua convicção nesse mito não se abalara senão após a segunda volta do mensageiro, na qual o informara de que o voto de confiança nele fora retirado. Despertara do sonho apenas naquele momento. Despertara do pesadelo para viver a segunda etapa desse pesadelo. Entretanto, desta vez o consolo estava em que já não se tratava de um pesadelo de sono, pois se transformara num pesadelo de vigília. Viver um pesadelo de olhos esbugalhados é mais fácil para o homem do que viver um pesadelo de olhos fechados. Apesar de tal convicção, a magia da túnica derrotara toda vigília. Derrotara toda convicção. Porque ele, desde que se introduzira na cavidade da túnica, caminhava ausente. Caminhava dormindo. Conseguia distinguir as coisas, mas não conseguia mudar as coisas. Escorregava rendido por um pico arenoso, escorregava com a vontade subtraída, rumo a um abismo que ele secretamente intuía, mas que não via nem conseguia evitar. Estranhara, talvez por esse motivo, que a dádiva da magia lhe tivesse sido arrancada das costas tão precocemente. Injustamente arrancada, pois era sua convicção que nenhum outro a merecia a não ser ele próprio. Porque, em sua convicção, ela se tornara parte dele, bem como ele se tornara parte dela, mesmo que não tivesse germinado em seu corpo, como efetivamente ocorreria mais tarde. Estranhara porque retomá-la era como retomar o seu coração extraindo-o da gaiola do peito. Porque a magia da túnica estava em sua capacidade de se transformar de uma roupa do corpo numa roupa do coração. Indo além: numa roupa do enigma ao qual os sacerdotes dão o nome de espírito. Como então poderia uma criatura renunciar ao enigma do espírito e depois circular entre os seres humanos afetando ainda fazer parte do contingente dos vivos?

O corpo embotado atendera à convocação do espírito, e o corpo cumprira a convocação, apesar de seu embotamento. Por isso, ele não se admirou absolutamente, após uma sesta, de constatar que a túnica consolidara o pacto com o corpo, tal como ocorrera naquela tarde longínqua. Consolidara os itens do pacto, tornando-se uma verdade depois de ter sido mera enganação, mera mentira para atirar areia nos olhos de imbecis como ele. Esse pacto lhe dera o direito de negar a autoridade do Líder que pretendera fazer dele uma marionete e, mais ainda, quisera torná-lo motivo de riso em todas as bocas ao retomar dele uma dádiva que ele não pedira e, aliás, nem sequer esperara, mas que se tornara parte de seu destino assim que a recebera. O pacto excelso lhe havia dado também o direito de negar o mensageiro e a mensagem do mensageiro, pois não conseguiria guardar o mandamento somente para si *ad aeternum* se acaso não abalasse as convicções do vulgacho sobre o mensageiro e sua mensagem. Não poderia continuar seguindo o mandamento se acaso não purificasse o oásis de seus maus adversários, que se escondiam atrás do pedido de uma verdade cuja verdade eles conheciam sobejamente, enquanto ocultavam sua sede mortal de se apossar do achado e de explorá-lo para realizar suas perversas intenções, cuja verdade, se fosse compreendida, levaria a massa ignorante a dizimá-los todos e a exibi-lo triunfalmente pelas ruelas e ruas do oásis, carregado nos ombros. Porém, sua incapacidade em revelar para as pessoas a maldade que se agitava no peito daqueles homens o impeliu a desterrá-los, a fim de evitar que o sangue da escória escorresse e a confusão se espalhasse entre os homens.

Entretanto, seria ele capaz de resgatar seu orgulho após ter resgatado o mandamento, vingando-se então da humilhação que provara certo dia nas mãos dos homens, sem que imitasse o Líder, colocando no corpo as proteções do isolamento?

Sim. O artifício do retiro fora uma vingança. Fora a retomada do orgulho perdido. Fora uma recuperação da autoestima antes de ser a recuperação de sua estima perante os outros. Acaso teria escorregado de novo ao efetuar seu acordo insano com o hóspede estrangeiro? Ele reconhece que seu instinto não o traíra no dia em que aquele finório estabelecera como requisito a imposição de impostos sobre a água a fim de obter o dinheiro necessário para construir o retiro. Mas fora ele quem traíra o instinto, e não o instinto que o traíra. Hesitara longamente, mas a sede de vingança foi mais forte que o temor à Lei, a qual desde sempre vetara que se fizesse qualquer coisa contra a água. Ele talvez conseguiria redimir-se de tamanho pecado com uma oferenda qualquer se porventura tivesse aplicado os impostos sobre o tesouro da água em outra época, uma época que não fosse de seca. Contudo, o Invisível quis que tal pecado se desse ao mesmo tempo que a maldição da seca, a qual multiplicou o anelo das tribos pela água. Chegaram-lhe notícias sobre a intenção das nações dos desertos vizinhos de invadir o oásis no mesmo instante em que o Invisível fazia despencar sobre sua cabeça outra derrota: a deterioração de sua saúde, que o levara à crise de convulsão. Depois... depois a boa-nova sobre o tumor, que a língua do curandeiro fizera circular prematuramente, pois a morte é um gênio que jamais havia respeitado o tempo certo, porque ela sempre vem antes de seu tempo, por mais que se atrase, muito embora ele pudesse gabar-se de pertencer àquela pequena minoria que não teme a morte, não por algum heroísmo na alma, mas por ser o único que morrera certo dia e depois ressuscitara. Morrera no dia em que, com a corda de palma debaixo do braço, tomara o rumo do campo com o propósito de enforcar-se num tronco de palmeira, a qual afinal o salvara com sua dádiva de ouro. Com sua dádiva verdadeira, que superava todas as dádivas do deserto, porquanto o fizera viver após ele ter morrido. Sim. Dispor-se ao suicídio é uma experiência de morte, ainda que não leve à morte. E se ele devesse morrer agora, lástimas seriam desnecessárias, pois se tratava do único ser que conseguira ganhar a vida duas vezes. E se depois as pessoas fizessem pilhérias afirmando que ele fora destruído por uma dádiva que amara exageradamente, não estariam dizendo isso senão por ignorar que o ser humano não é destruído (se a morte for de fato uma destruição) senão pelo que ama, e não pelo que odeia. Porém eles não negariam de modo algum seu heroísmo, pois fora o único que triunfara na transformação da mentira da túnica em uma verdade, e isso no dia em que lhe concedera seu próprio espírito, não obstante tivesse pagado o preço no dia em que ela lhe furtara, ao lado do espírito, também o corpo!

O SARCÓFAGO

No auge da confusão e do aturdimento, o secretário veio trazer-lhe a boa-nova:

— O velhaco arrogante aguarda a permissão do meu amo para entrar!

Malgrado a fraqueza e as dificuldades de respirar, Assanai sentiu uma felicidade infantil. Tentou erguer-se, mas cambaleou e apoiou-se nas almofadas e na cabeceira do catre.

O velhaco entrou com um brilho nas pupilas. Curvou-se tanto diante da cama que a ponta de seu pálido véu encostou no tapete. Assanai lhe dirigiu a palavra:

— Minha espera por você foi tão longa que já me desesperançara de vê-lo e de ver o retiro!

O velhaco sentou-se no tapete diante dele. O misterioso brilho nas pupilas transformou-se em sorriso. Disse:

— A boa-nova, meu amo, compensará a longa espera!

Nos olhos do enfermo pousou um brilho esquivo, que no entanto se apagou repentinamente. Ele disse:

— O pranto pelos mortos estava quase chegando antes dessa boa-nova!

O velhaco o observou com curiosidade. Disse:

— Parece que o meu amo está verdadeiramente debilitado comparado a como estava em nosso último encontro, mas a sequidão do corpo, antes de ser uma desgraça que exige o pranto pelos mortos, é um sinal de nobreza!

Assanai sorriu com tristeza e disse:

— Desnecessário utilizar expressões para me animar, mas você pode ter trazido o remédio com a sua boa-nova!

O velhaco esfregou as mãos numa tentativa de livrar-se do estado de alerta do viajante que percorreu vastas distâncias. Disse:

— Não foi a conclusão do retiro que retardou o cumprimento da promessa, meu amo, nem a confusão provocada pela guerra, como talvez você suponha, mas o segredo está na catacumba!

— Catacumba?

— O mais dificultoso na produção do artefato é a ocultação do artefato, meu amo!

— A verdade é que não entendi!

O espertalhão se calou. Inspirou com força antes de esclarecer:

— Não havíamos acordado uma vez que a imortalidade não se esconde no que conhecemos, mas no que não conhecemos?

— Eu me lembro de termos conversado sobre algo assim no dia em que discutimos longamente sobre a conduta do Líder!

— Por tal motivo não envidei tantos esforços no aperfeiçoamento do retiro como envidei no aperfeiçoamento da ocultação do caminho que leva a ele!

Assanai encarou o interlocutor com perplexidade. Verificou sinais de fadiga em seus olhos. O velhaco acrescentou:

— O que não deixa rastros não existe, diz a Lei dos ignaros, e eu digo que o que verdadeiramente existe é o que não deixa rastros!

Assanai concordou, balançando a cabeça. Gaguejou:

— Suponho que a vida do Líder é o mais verdadeiro sinal disso.

O espertalhão acrescentou:

— Nós não acreditamos no que vemos, nós acreditamos no que não se vê!

De novo Assanai fez um gesto de estímulo, e o velhaco prosseguiu:

— Por esse motivo meu empenho de ocultar foi maior do que o meu empenho de construir!

— Estão dizendo que o mausoléu do mensageiro se elevou mais algumas braças na colina desde a última vez que você mandou destruí-lo, como se fossem os gênios que o constroem, e não os humanos!

O velhaco disse num tom significativo:

— O que fica acima da colina não permanece; a permanência pertence àquilo que a colina esconde!

O enfermo interrogou, espantado:

— Qual é a permanência disso que a colina esconde?

O velhaco, no entanto, não respondeu. Indagou, após um breve silêncio:

— O estado do meu amo permite que ele saia acompanhado?

O enfermo hesitou por algum tempo. Expressou suas dúvidas dizendo:

— Temo não poder sair na companhia de ninguém sem ajuda dos servos!

O velhaco afirmou com convicção:

— No caso, o meu amo poderá sair acompanhado somente por mim, se não quiser que, num piscar de olhos, os servos estraguem aquilo que construímos para uma vida inteira!

O enfermo fechou os olhos, fatigado, e seu interlocutor acrescentou:

— Gostaria de tranquilizar o meu amo no sentido de que ele não necessitará sair pelas ruas diante de todas as vistas se acaso considerar que o tempo de sair já chegou.

Assanai pediu explicações:

— Como não sair pelas ruas diante das vistas de todos, se você quer que eu saia sozinho com você até o retiro!?

O velhaco acrescentou num tom astuto:

— Porque o meu amo não sairá pela porta de casa em seu caminho para o retiro!

— Não sairei pela porta da minha casa?

Nesse instante, o velhaco deslizou como uma cobra, aproximando-se do catre. Esticou o pescoço para cima, até sua boca alcançar o ouvido de Assanai. Cochichou:

— É que a catacumba fica debaixo desta construção!

O enfermo agitou-se e recuou a cabeça. Gritou:

— Verdade?

O hóspede estrangeiro, porém, fez-lhe um sinal com o indicador para ocultar aquele segredo.

Ajudou-o a vestir as roupas. Instantes depois, esgueiravam-se pela casa, descendo em direção ao subterrâneo, às ocultas dos servos, até chegarem ao fundo. Ali, o espertalhão se inclinou para deslocar uma placa de pedra escondida debaixo de uma camada de argila coberta por algumas plantas secas. Do abismo surgiu uma nesga de luz fraca, mas suficiente para clarear o caminho. Entrou nele após ter retirado a placa secreta de pedra. O abismo serpenteou diante de ambos por um curto espaço, até que enfim o enfermo se viu caminhando por um corredor estreito iluminado dos dois lados por tochas demasiado distantes umas das outras. Tamanho distanciamento entre as tochas os fez tropeçar numa verdadeira escuridão sempre que se afastavam de uma delas e até se aproximarem da tocha seguinte. Nas paredes do corredor surgiram incrustações rochosas, enquanto em outros pontos, ademais, escorria água. Sem suportar o império da umidade, o enfermo viu-se atacado por uma crise de tosse. Curvou-se e foi sustentado pelo velhaco. Queixou-se enquanto se desdobrava para apanhar um punhado de ar:

— O ar!

O velhaco o tranquilizou:

— Mantenha a firmeza, meu amo, não resta senão ultrapassar o derradeiro e menor espaço.

Assanai, todavia, descobriu que essa fala não visava senão animá-lo, pois o tal espaço se ampliava sem fim, e ele desmaiou duas vezes, o que obrigou o velhaco a carregá-lo nas costas como se fosse um mísero monte de palha!

Quando o velhaco afinal o fez chegar ao lugar do retiro, aquele ser frágil já estava inteiramente alheio ao mundo, respirando com enorme dificuldade, o rosto totalmente invadido pelos sinais da palidez extrema, ofegante e arfante como um moribundo.

O velhaco ajeitou-o num canto em que as luzes bruxuleavam provindas de grandes lampiões pendurados nas paredes polidas. Extraiu do bolso um pó que estava num embrulho de couro, colocando um punhado no nariz do enfermo. O corpo de Assanai estremeceu com um espirro violento e em seguida a respiração se regularizou em seu peito. Abriu os olhos após alguns instantes e vislumbrou as luzes; elas cegaram seus olhos desde havia longo tempo habituados à escuridão e ele tornou a fechá-los. O velhaco se acomodou a seu lado até que Assanai recobrasse a capacidade de enxergar. Apontou para o centro do local, dizendo:

— Agora o meu amo conseguirá desfrutar o prodígio jamais visto por olho algum nem ouvido por ouvido algum nem pensado por coração humano algum!

Naquele dia, Assanai viu um prodígio erguido no centro de um aposento amplo, bem iluminado, as paredes adornadas por amuletos emprestados da Lei do Povo Perdido, gravados com os símbolos do antigo alfabeto. Quanto ao monumento ao qual o velhaco dera o nome de prodígio, tratava-se de um volume retangular, no meio do aposento, esculpido em rocha sólida, lisa, avermelhada, que não conhecia semelhante em todo o mundo do deserto. Os mandamentos da Lei Perdida não somente estavam esculpidos na rocha como também inscritos nela em linhas retas que causavam prazer aos olhos e cobriam toda a superfície do volume.

O velhaco disse:

— Este é o retiro prometido, meu amo!

Assanai gaguejou, atônito:

— O retiro!

O desgraçado tremia com força, talvez ansiando pelo retiro ou talvez por causa da febre. Implorou:

— Carregue-me até lá. Quero tocá-lo com esta minha mão!

O velhaco, no entanto, não o carregou até o retiro, mas para lá caminhou sozinho, com passos confiantes. Puxou a tampa do tesouro, cujo interior apareceu. Voltou para perto do enfermo. Carregou-o nos braços como se fosse uma criança, como se fosse palha. Depositou-o no interior da estrutura misteriosa e em seguida postou-se à cabeceira de Assanai, dizendo:

— Eis a maravilha das gerações, à qual você dá o nome de retiro e à qual a Lei dá o nome de sarcófago!

Assanai aspirou o ar com dificuldade. Repetiu, alheado:

— Sarcófago?!

O velhaco disse:

— É aqui neste bojo que a túnica se despirá de você, pois você se recusou a despi-la!

O peito do enfermo arfava durante a respiração. Suas pupilas se esbugalharam. Sussurrou:

— O que você está dizendo?

O velhaco se inclinou sobre ele na boca do abismo. Disse com uma voz diferente:

— Eu digo aquilo que você deve ouvir desde há muito tempo, de uma voz que você sufocou no coração para atender ao chamado da sua arrogância!

Apoiando-se nos cotovelos, Assanai forcejou por se levantar do bojo do sarcófago, mas suas forças o traíram e ele pendeu para trás. Interrogou como se pedisse socorro:

— Quem é você?

O velhaco soltou uma gargalhada estrepitosa, ecoada pelas estruturas da construção. Respondeu:

— E você presume que eu seja quem, ó idiota Assanai, senão o dono da túnica que ora lhe devora o corpo tal como os cupins devoram a terra?*

Assanai murmurou, surpreendido:

— O dono da túnica?!

— O dono da túnica, naturalmente. Ou você acreditou que o Líder não encontraria outra coisa para fazer em sua solidão perpétua que não se distrair manipulando a pele das criaturas para colocar a túnica sobre o corpo de idiotas como você?

O velhaco estrondeou outra risada e aduziu:

— Porventura você sabe por que o Líder não consegue se divertir com marionetes dessa espécie?

No peito do homem deitado no sarcófago, a respiração se transformou num silvo detestável. Tentou falar, mas a respiração ofegante o traiu. Então o velhaco falou por ele:

---

* Esta imagem um tanto ou quanto inusitada deriva do comportamento de uma espécie de cupim desértico. O próprio Al-Koni explica: "É um tipo de verme tão invisível quanto o verme da cárie. Porém, a terra que ele mastiga se gruda às paredes nos oásis dos grandes desertos". (N. T.)

— Porque a túnica é um pecado enorme, e distribuir os pecados por cabeça é missão minha neste deserto, e não missão do Líder!

A criatura envolta no bojo do sarcófago fez um esforço imenso. Ergueu a cabeça, os olhos esbugalhados, e suspirou profundamente antes de conseguir pronunciar:

— Mas o mensageiro... É razoável que o mensageiro tenha mentido?

O espertalhão estrondeou mais uma risada odiosa. Inclinou-se sobre o adversário até quase golpeá-lo com a cabeça. Sussurrou-lhe na cara:

— Acaso o mensageiro não confessou, no dia do interrogatório, não ter visto o Líder senão por inspiração?

Assanai balbuciou:

— O que você quer...

— Quero dizer que a inspiração é um modo de falar que jamais me faltou! Por esse motivo tentei salvá-lo da sua punição falando a verdade no dia do interrogatório, retirando o voto de confiança em você, não obstante ele tenha me negado e pespegado em mim uma acusação da qual sou inocente!

Caminhou alguns passos em torno do sarcófago. Observou o adversário pela outra borda do túmulo. Acrescentou:

— Sei que está ansioso para me indagar por que decidi invadir o oásis com o propósito de encarregar-me eu mesmo da questão. Muito bem! Satisfarei mais essa sua curiosidade. De ordinário, aprecio acompanhar de longe, e não me imiscuo pessoalmente senão quando descubro alguma falha. Foi o que fiz também desta vez. Verifiquei como você preparou a armadilha para os meus desgraçados capangas, a fim de ficar sozinho com o meu pobre mensageiro e atraiçoá-lo. Nessa hora, não vi outra saída que não me encarregar pessoalmente do assunto, em obediência à sabedoria das gerações, na qual se afirma que devemos nós mesmos resolver nossas necessidades se quisermos que de fato elas sejam resolvidas. Se acaso quisermos que não se resolvam, basta-nos enviar um representante para resolvê-las. Ah, ah, ah...

Engoliu o riso reprimido. Avançou em direção ao sarcófago alguns passos mais. Observou o adversário de outro ângulo. Inclinou-se sobre o interior do abismo até quase atingir o desafortunado Assanai com uma cabeçada. Sussurrou-lhe na cara:

— Eu quis lhe ministrar uma lição sobre o poder, mas você me decepcionou, tal como muitos outros antes, pois vocês constituem uma confraria que não compreende o que se deve compreender nem lê o sinal que deve ser lido; ao contrário, vocês não compreendem senão aquilo que amam e não leem senão aquilo que apreciam, então não consideram que a troca do poder do Líder pelo poder de uma criatura desgraçada chamada ser humano não consiste apenas num pecado, conforme vocês matraqueiam, mas também numa traição! Sim! Uma odiosa traição à Lei e uma traição ainda mais medonha ao Líder. Entendeu agora?

Assanai se mexeu em seu aterrorizante jazigo. Fez um esforço heroico para anunciar:

— Você é Wantahit. Você não é senão o miserável de todas as gerações, Wantahit...

O velhaco o interrompeu com sua última palavra:

— Em verdade, eu sou o sábio de todas as gerações, Wantahit, que sempre faz o mal por saber previamente que esse mal sempre se transformará em bem e que, no entanto, nunca faz o bem, a fim de que ele não se transforme em mal!

O homem deitado no sarcófago balbuciou, resistindo à agonia, e em seguida gemeu, exalando seus últimos suspiros. O velhaco permaneceu à sua cabeceira por alguns instantes e em seguida cobriu-o com a tampa do sarcófago esculpido em rocha sólida, lisa e gravada com os sinais do antigo alfabeto.

O velhaco deu meia-volta e circulou por entre as paredes do lugar. Concentrou-se em apagar as tochas enormes que transformavam a escuridão em dia, e as trevas predominaram, violadas por nesgas de luz provenientes das tochas do labirinto. Avançou, apagando cada tocha em seu caminho através do corredor escavado no interior da colina coroada por um mausoléu que se transformara em ponto de peregrinação e que, com o passar dos dias, se tornaria um templo firmemente assentado sobre um magnífico edifício.*

* Este livro foi concluído em Goldiwil, Alpes suíços, em novembro de 2007.

Título original em árabe
Al-waram | الورم

© Ibrahim Al-Koni, 2008

A 1ª edição original em árabe foi publicada em 2008,
em Beirute, pelo Instituto Árabe de Estudos e Publicações.

Coordenação editorial Laura Di Pietro

Preparação de texto Ciça Caropreso

Revisão Isabel Jorge Cury e Livia Lima

Capa, projeto gráfico e diagramação Marcelo Pereira | Tecnopop

Este livro atende às normas do Novo Acordo Ortográfico
em vigor desde janeiro de 2009.

Dados internacionais de Catalogação na Publicação (CIP)

K96t

Kūnī, Ibrāhīm, 1948-
O tumor / Ibrahim Al-Koni ; tradutor: Mamede
Jarouche. – Rio de Janeiro : Tabla, 2022.
192 p. ; 21 cm

Tradução de: Al-waram.
Tradução do original em árabe.

ISBN 978-65-86824-32-2

1. Ficção árabe. 2. África, Norte – História
– Ficção. 2. Realismo fantástico (Literatura).
I. Mamede, Jarouche II. Título. .

CDD 892.73

Roberta Maria de O. V. da Costa — Bibliotecária CRB-7 5587

[2022]

Todos os direitos desta edição reservados à
Editora Roça Nova Ltda
+55 21 997860747
editora@editoratabla.com.br
www.editoratabla.com.br

ESTE LIVRO FOI COMPOSTO EM WARNOCK, FONTE CRIADA
POR ROBERT SLIMBACK EM 2000, E IMPRESSO EM PAPEL PÓLEN SOFT 80G/M²
PELA GRÁFICA EXKLUSIVA EM ABRIL DE 2022.